破局予定の悪女のはずが、冷徹公爵様が別れてくれません！

琴子

ビーズログ文庫

イラスト／宛

Contents

ゼイン・ウィンズレット

“冷徹公爵”と呼ばれる
シーウェル王国の筆頭公爵家の主。
悪女と噂されるグレースに
次第に惹かれていく。

グレース・センツベリー

小説『運命の騎士と聖なる乙女』に登場する
強欲悪女に転生した侯爵令嬢。
死亡フラグ回避のため
ゼイン様を弄んで別れるはずが？

Characters

破局予定の悪女のはずが、冷徹公爵様が別れてくれません！

シャーロット・クライヴ
美しく、心優しい子爵令嬢。小説の正ヒロイン。
マリアベル・ウィンズレット
ゼインの愛する妹。グレースのことが大好き。
ランハート・ガードナー
ガードナー侯爵家の次期当主。女性関係の噂が絶えない色男。グレースを気に入っている。
エヴァン・ヘイル
グレースの護衛騎士。その場の空気を読まない最強のメンタルの持ち主。

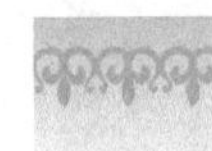

プロローグ

適当な馬車に飛び乗り、乗り換え続けて半日が経つ。

窓の外のオレンジ色に染まる街並みは初めて見るもので、間違いなく知らない場所に来たのだと確信する。

私ですらどこか分からないのだから、彼だってここまでは追ってこられないはず。

「すみません、ここで降ります！」

窓から顔を出し御者にそう声をかけると、すぐに馬車は停まった。お礼を言い代金を支払って別れると、私は賑やかな街並みを改めて見回す。

半日もひたすら馬車に揺られていたのだ、移動疲れを全身に感じていた私は、少し休もうと適当なカフェに入ることにした。

白を基調にしたお洒落な店内は賑わっていて、唯一空いていた端の席に腰を下ろす。

「えっ……紅茶一杯で1200ミア……⁉」

そしてメニューを見た私の口からは、侯爵令嬢らしからぬ言葉が漏れた。大衆店かと思ったものの、うっかり高級店に入ってしまったらしい。

仕方なく超高級紅茶を一杯だけ頼み、ぼんやりと窓の外の景色を眺めながら、まずは今夜泊まるホテルを探そうと考えていた時だった。

「ここ、いいかな？」

「あっ、はい！　どう、ぞ……？」

「ありがとう」

不意に声を掛けられ、振り返る前に反射的にそう答えた私は、すぐにぴしりと固まる。

――この低くて甘い声を、聞き間違えるはずなんてない。

それでも何かの間違いであってほしいと願いながら、恐る恐る向かいへと視線を移す。

そして向かいに腰を下ろした人物の顔を見た瞬間、また失敗してしまったのだと悟った。

「ゼ、ゼイン様……どうしてここに」

そう、私が逃げてきた恋人――ゼイン・ウィンズレット様の姿がそこにあったからだ。

「グレース、今回の鬼ごっこは楽しかった？」

「ええと……それは……」

「俺から逃げるなんて不可能なのに、君も飽きないな」

あの舞踏会から、もう一ヶ月が経つ。あれからずっとゼイン様から必死に逃げ続けているというのに、毎回いとも簡単に捕まってしまう。

狼狽える私の前で、ゼイン様は太陽のような金色の瞳を柔らかく細め、微笑んでいる。

彼はメニューへと視線を向け、コーヒーを一杯と、林檎のタルトをひとつ頼んだ。

「この値段ならグレースは飲み物以外、頼んでいないんだろう？　いくらでも食べるといい、俺が払うから」

「わ、私だってお金は、持っています……」

持っているけれど貧乏だった頃の気持ちが抜けず、ついケチってしまうだけだ。

私の行動パターンを読み、私の好物を当たり前のように頼んだゼイン様は、窓の外へ視線を向ける。

「今夜は近くにとってあるホテルで休んで、明日は観光をして帰ろうか。俺もこの街へ来るのは初めてなんだ」

「……えっ？」

「この辺りは、君の好きな海産物が美味しいと有名らしいよ。既に夕食の準備もさせているから」

あまりにも準備の良すぎるゼイン様に完全敗北した気持ちになりながら、私は内心頭を抱えた。

このままでは本当にまずい。そう思った私はきつく両手を握りしめ、心を鬼にして口を開いた、けれど。

「ゼイン様、私達、もう別れ――」

「グレース」

遮るように、窘めるように名前を呼ばれる。

「俺の気持ちは一生変わらないんだ。君が逃げたとしても地の果てまで追いかけるから、諦めた方がいい」

「……っ」

いつだって余裕たっぷりで、私が出会ってきた中で一番美しくて完璧な彼になど、敵う気がしない。

それでも私はゼイン様をこっぴどく振って別れ、ヒロインと恋に落ちてもらわないといけないのだ。

――それがこの世界で暮らす人々の、そして彼にとっての、一番のハッピーエンドなのだから。

そのために頑張ってきたというのに、どうしてこんなことになってしまったのだろう。

黙り込んでしまった私の名前を、彼は再び呼ぶ。

「絶対に別れてなんかあげないよ」

そして誰よりも綺麗に笑うと、ゼイン様は運ばれてきたタルトを綺麗に切り分け、私の口元へ差し出した。

強欲悪女に転生してしまったようです

ゆっくりと目を開ければ、真っ赤に輝く天井が目に飛び込んできて、あまりの眩しさに目が痛くなる。

「わっ……まぶし……」

何度か瞬きをして目を慣らせば、ベッドの真上の天井には赤や緑の宝石で、薔薇が描かれていた。

こんなにも豪華で悪趣味なもの、生まれて初めて見たと思いながら、身体を起こす。

「えっ？　な、なにこの服!?」

やけにふかふかなベッドで寝ていた私は、肌触りの良い真っ赤なキャミソールのようなものを着ていた。

けれど、その服は変態かと突っ込みたくなるほどの露出の多さと派手な色合いで、慌てて隠すように布団を身体にかける。

「な、なに、ここ……」

そして顔を上げれば視界には、広くて豪華な外国の貴族のような部屋が広がっていた。

全体に赤と黒で纏められており、部屋中に薔薇が飾られている。

なぜ私はこんな格好をしてこんな悪趣味な部屋で寝ていたのだろうと、困惑していた時だった。

「お嬢様、目を覚まされたんですね！」

「……えっ？　うわあ⁉」

声を掛けられて初めて、部屋の隅で半裸で立っている男性の存在に気が付き、悲鳴に似た声が漏れる。

腰からは剣のようなものが下げられていて、余計に恐怖が増していく。夢なら早く覚めてほしい。

深い海のような青い髪にグレーの瞳をした男性は、驚くほどの美形だった。鍛え上げられた身体から慌てて目を逸らした私は、両手で顔を覆う。

「あ、ああ、あなた、誰ですか⁉」

「えっ？」

「ここ、どこですか⁉　ど、どうして、は、半裸で立っているんですか……⁉」

捲し立てるように、半ば叫びながらそう尋ねると、男性からは間の抜けた声が漏れた。

悪趣味な部屋に、半裸に近い姿をした変態（私）と半裸男性がいるこの状況、さっぱり訳が分からない。

「まさかあの男に襲われたショックで、記憶が……？」

「襲われ……？」

やはりよく分からないけれど、とにかく服を着てほしいと言えば、男性はすぐに側に畳んで置いてあった服を身に付けてくれた。

その服装はまさに騎士という感じで、気合の入ったコスプレイヤーなのだろうかと思っていると、男性はこちらへやってきて目の前で跪いた。

「グレースお嬢様、俺のことは分かりますか？」

「い、いいえ、まったく」

なぜグレースお嬢様と呼ばれているのかも分からず、首を左右に振る。

すると男性は驚いたように、形の良い両目を大きく見開いた。

「やはり記憶喪失……？　ええと、俺の名前はエヴァンで、あなたの専属護衛騎士です」

「ごえいきし」

「はい。ここはセンツベリー侯爵邸で、グレースお嬢様の部屋です。俺が半裸だったのは、以前お嬢様が『バカでクズなお前は見た目と剣の腕くらいしか取り柄がないんだから、少しでも私を楽しませるために暇な時は半裸で立っていなさい』と仰ったからです。いつお目覚めになってもいいように、今朝から待機していました」

「？？？？？？」

私の理解を超えた話に、頭の中は「？」でいっぱいになったけれど、それよりも引っかかることがあった。

「グレース・センツベリー……？」

その名前には、覚えがある。『運命の騎士と聖なる乙女』という大好きな小説に出てくる、とんでもない悪女キャラクターと同じだ。

そうだ、確かグレースはちょうどこの髪みたいに、淡いピンク色の長い髪で——……

「えっ？　えええ？」

そこで私はようやく背中に流れている自分の髪が、長く美しいピンク色になっていることに気が付いた。

よくよく見ると身体だって、本来の私のものよりもずっと白くて細くて、スタイルがいい。明らかに自分のものではない身体に、ぞわりと鳥肌が立つ。

「か、鏡とかってあります……？」

「はい。こちらに」

私は近くにあったローブを羽織ると、エヴァンさんが指し示した全身鏡の前へと移動し、言葉を失った。

鏡に映っていたのは、息を呑むほどの美女——まさに小説に出てくるグレース・センツベリーそのものだったからだ。

「な、なんで……わあ、肌まで綺麗」

ぺたぺたと自分の頬を触ってみても、思い切り引っ張ってみても、鏡に映る美女は全く同じ動きをする。そして痛い。

そんなことを数分間続けた末、私はようやく自分が漫画や小説でよくある異世界転生をし、グレース・センツベリーになってしまったのではないかと思い至った。

「もしかして、あの時……」

必死に思い出してみると、最後の記憶は特売のあった隣町の激安スーパーからの帰り道、歩道に乗り上げてきた車に撥ねられる瞬間だった。

元々の私はきっと、あの事故で死んでしまったのだろう。

深呼吸をし、改めて鏡越しに心配げにこちらの様子を窺っている男性を見つめた。

イラストはなかったけれど、グレースにはいつも虐げていたエヴァンという護衛騎士がいたことも思い出す。きっと彼こそ、その人なのだろう。

驚きや信じられない気持ちで顔を青くする私を見て、医者を呼んでくるというエヴァンさんを慌てて引き止めた。

新たな人間と会う前に、状況を整理したい。

少し質問をしていいかと尋ねれば、エヴァンさんはいくらでもと微笑んでくれた。いつも半裸で立たされていたというのに、いい人すぎる。

色々と聞きたいことはあるけれど、まずはこの世界が本当に小説の中の世界なのかどうかを確かめることにした。

「ええと……ゼイン・ウィンズレット様を知っていますか？」

「はい、もちろん。このシーウェル王国の筆頭公爵家の主であるゼイン様を知らない者など、どこを探してもいませんよ」

その返事を聞いた瞬間、確信してしまう。

ここは間違いなくゼイン・ウィンズレット様が主人公の小説の世界で、私は当て馬以下の端役——男好きで強欲悪女のグレース・センツベリーになってしまったということを。

「ど、どうして私が……こんなことに……」

——元々の私はしがない日本のＯＬで、普通と違うことがあるとすれば、両親の事業が失敗し、多額の借金を抱えていたことだろう。

両親のことは大好きだったし、私も一緒に借金を返すため、多くない給料の大半を家族での生活費や返済にあてていた。

数円でも安い食材を求め、仕事終わりに隣町のスーパーまで自転車で向かい、休日の趣味といえば家庭菜園や山での山菜採りだった。野草にも詳しくなりすぎて、食べられるかどうかの判断の早さには自信がある。それはもう慎ましい日々だった。

そんな私の一番の趣味であり息抜きは、図書館で本を借りて読むことだった。

そこで『運命の騎士と聖なる乙女』シリーズに出会ったのだ。

推しのゼイン様とヒロイン・シャーロットの美しい感動的な恋物語を、夢中になって繰り返し読んだ記憶がある。

「まさか私が、グレースになるなんて……」

一方、私が転生してしまったグレース・センツベリーは大金持ちの侯爵家の一人娘で、母を早くに亡くしてからは父である侯爵に溺愛され、甘やかされて育った。

その結果、何でも欲しがるくせに、自分の物になると興味がなくなるという歪んだ性格になってしまう。

美しいものが好きで特に薔薇と宝石、綺麗な顔をした男性が何よりも大好きだったはず。

よりによって、どうしてこんな悪女になってしまったのだろう。どうせ転生するのなら、天使のように可愛くてみんなに愛されるシャーロットになりたかった。

そんなことを考えていると、じっと私を見つめていたエヴァンさんは首を傾げた。

「公爵様を覚えているということは、完全な記憶喪失、って訳ではないんですか？」

「そ、そうですね、断片的に記憶を失っているみたいで……あっ、エヴァンさんのことも少しだけ思い出しました」

「なるほど！　それにしてもお嬢様っぽくなくて、全くの別人と話している気分です。俺なんかに敬語もさん付けもやめてください。どうかこれまで通りエヴァンと」

「わ、分かったわ」

仕事や趣味に没頭していた私は悲しいくらいに男性経験がなく、キラキラとした美形と近距離で話をするだけでも緊張してしまう。

それでも記憶喪失という設定なのだし、元のグレースとの関係を考えれば、彼の方が落ち着かないだろう。私は小さく頷き、質問を再開する。

「今って何年の何月？　最近大きな出来事はあった？」

「本日はシーウェル暦五百四年、三月の八日です。最近の出来事と言えば、第一王子が伯爵家のご令嬢と結婚されたことでしょうか」

第一王子の結婚を機に派閥争いは激化し、ゼイン様は国王の手の者との結婚を勧められるようになるのだ。

グレースはその点も利用して、ゼイン様に近づいた記憶があるため、きっと今は小説の舞台となる年なのだろう。

「その、私が襲われたっていうのは……？」

「お嬢様とお付き合いされていた伯爵令息が、ゴミのように捨てられたことで逆上し、夜会中に『一緒に死のう』などと言ってお嬢様をバルコニーから突き落としたんです。命に別状はないといえど、こんなことになるなんて……」

「本当にどうしてそんなことに……」

小説の中で、そんな出来事はなかったはず。やはり端役のグレースについては、主役二人に関係していない出来事は書かれていないのかもしれない。

この先グレースの身に何が起こるのか、大半は分からないと考えてよさそうだ。

何より無理心中だなんて、昼ドラレベルの泥沼修羅場すぎる。

この先もグレースが過去に付き合いのあった男性達にそんな目に遭わされるかもしれないと思うと、気は重くなっていく。

「ちなみにあのベッドの上の、天井の装飾は一体……？」

「あちらはお嬢様が『目が覚めた瞬間、一番に見るのは美しいものが良いわ』と仰って作らせたものですよ。あれだけで王都に屋敷が買えるほどの価値があると、嬉しそうに話していました」

「な、なんてもったいないことを……」

その金額を想像し、眩暈がした。天井に埋められている宝石の一粒だけで、私の年収以上になるだろう。

今着ている圧倒的に布面積の足りていない服だって、相当な値段に違いない。ただの寝巻きとは思えないほど、ものすごく肌触りが良いのだ。

あまりの金銭感覚の違いに、変な汗が出てくる。

私が寝る時なんて、中学時代の運動着であるジャージを未だに着ているというのに。

「エヴァンさ――エ、エヴァン、色々教えてくれてありがとう」

やはり男性を呼び捨てにするだけで、体力を消耗してしまう。

「いえ。あ、お嬢様が目覚めたことを主治医に知らせてきますね！」

記憶だけでなく身体にも異常がないか診てもらうべきだと言い、エヴァンは急いで部屋を出て行った。

その後、診察を受けて問題ないと判断された私はしばらく一人にしてほしいと頼んだ。

オブジェのように半裸で部屋に立たされているのが当たり前だったエヴァンにとって、一人にしてほしいというのは初めての命令だったらしく、戸惑った様子で出て行く。

普段グレースとはまともな会話すらなく、一方的に罵られるのみだったという。

ちなみに医者もメイドも私の大人しい態度に、何か裏があるのかとびくびくしている様子だった。よほどグレースが怖いらしい。

エヴァンもきっと、グレースが怖くて辞めたくても言い出せなかったのだろう。

彼の境遇があまりにも不憫で、専属騎士を辞めてもらった上で次の職探しを手伝い、自由になってほしいと思えてきた。

何とも生きづらいキャラクターになってしまったと溜め息を吐きながら、机の上にあったまっさらなノートと、やけにキラキラしたペンを手に取る。

グレースは何にでも宝石をつけないと死んでしまう病なのだろうか。ペンを持つだけで緊張してしまう。

「さて、これからどうしよう」

私の記憶が正しければ、春には男主人公であるゼイン様とグレースの交際が始まる。

――この国の誰よりも美しいゼイン様が欲しくなったグレースは、最悪の形で家族を失ったゼイン様の壊れかけた心につけ込み、恋人の座につく。

『ふふっ、可哀想なゼイン様。けれど、あなたには私がいるから大丈夫。世界でたった一人、私だけがゼイン様のことを愛しているのですから』

ゼイン様はグレースを愛していたわけではないけれど、孤独ゆえに自分の側を離れず、どっぷりと愛してくれるグレースの存在に寄りかかってしまうのだ。

けれど飽き性のグレースは結局、一年も持たずに浮気をして暴言を吐き、ゼイン様を捨ててしまう。

その結果、彼はもう誰にも心を開かないと誓い、冷徹公爵と呼ばれることになる。

そんなゼイン様は、美しく心優しい子爵令嬢であるシャーロットと出会う。

『私がずっとゼイン様のお側にいます。絶対にあなたを裏切ったりしません。この命が尽きるまで、永遠に』

ひだまりのようなシャーロットによって凍り付いた心は溶け、二人は恋に落ちる。

そんな中、このシーウェル王国や近隣諸国では瘴気が広がり、魔物は増え作物は育たなくなり、この世界の生活に必須な魔鉱水という資源までも失われていく。

結果奪い合いとなり、戦争も避けられないという時、愛の力でシャーロットの聖女としての力が目覚める。

そして世界を救い、ハッピーエンドになるという話だった。

「聖女としてのシャーロットを支えて、一緒に戦うゼイン様がまた素敵で……ってあれ？」

本当に良い話だと改めて思い返して感動していたものの、ふと気付いてしまう。

「私がゼイン様を振らないと二人は出会わない……？」

そう、グレースがゼイン様を傷付けこっぴどく別れを告げるシーンに、シャーロットが遭遇する。そこで彼の涙を見たシャーロットはハンカチを渡し、そっと立ち去る。それが出会いのはず。

シャーロットはゼイン様のことを気にかけ、その後いくら突き放されても側にいようとする。グレースによる傷を癒やすことで、二人の距離は縮まるのだ。

『愛しいシャーロットと出会うきっかけをくれたことだけは、あの女に感謝するよ』

ボロボロだったゼイン様がそんな風に言えるようになったことに、いたく感激した記憶がある。

「……ええと、つまり」

二人が出会わなければシャーロットの能力は目覚めず、戦争が起きてしまう可能性だってある。

小説通りなら「愛の力」が必要なのだから。

何よりスカッとするシーンとして、一度他国が攻め込んできた際にグレースは死にかけるのだ。それを救ってくれるのも、聖女となったシャーロットだった。

「二人が結ばれないと、私、死ぬのでは？」

衝撃の事実に気が付いてしまい、冷や汗が流れる。

口からはどうしようという言葉が漏れたものの、頭の中ではどうすべきか分かっていた。

──私が小説の中のグレースと同じ行動をすれば、きっと物語は正しいハッピーエンドを迎えるはず。

そんな単純なことだと分かっている、けれど。

「ぜ、絶対に無理、不可能もいいところすぎる……」

現代日本で貧乏暮らしをしていた私が、異世界で侯爵令嬢として生きていくだけでも相当無理があるのだ。

その上、貧乏性で男性経験もない私が男好きの強欲悪女を演じるなんて、上手くいく未来がさっぱり想像できない。

超絶美形のゼイン様を誘惑するなんて、私にはハードルが高すぎる。しかも最終的には男遊びをし暴言を吐いて傷付け、捨てることになるのだ。

そんな鬼畜の所業など、できる気がしなかった。

「……でも、このままじゃだめだよね」

それでも正しいストーリーから外れてしまえば、私だけの問題ではなくなる。

戦争が起きれば、大勢の人の命に関わるだろう。それだけは絶対に避けたかった。

『君の側に居られることが、俺にとって最大の幸福だ』

私自身、ゼイン様とシャーロットには幸せになってもらいたい。むしろ尊すぎるこのカップルを陰から見守りたい。私は小説を繰り返し読み、二人の幸せそうな姿に何度も涙したくらいのファンなのだ。

「そう言えば……」

小説ではゼイン様と別れた後、グレースが出てくることはほとんどなかった。隣国から攻め込まれた時に死にかける以外、登場しない。

つまりその後は裕福な侯爵令嬢として、自由に生きていくことができるのではないだろうか。グレースになった今なら、前世での「あの夢」も叶えられるかもしれない。

「たった一年だもの。そう、一年だけ」

グレースとゼイン様の交際期間は確か一年弱。その間さえ頑張れば、人生イージーモードに突入するはず。

悪女としての名が広まって暮らしにくいのなら、領地で静かに暮らすのもいいだろう。

──私が何もしなくても、二人が幸せになる可能性だってあるのかもしれない。けれど、何もせずに最悪な結末を迎える可能性だってあるのだ。

何よりもう一度生きる機会をもらえたのだから、たった一年くらい頑張るべきではないだろうか。

「よし」

心を決めた私は両頰を叩き、気合を入れる。

「目指せ！　男好きの強欲……悪……じょ……」

改めて口に出すと、最低最悪なパワーワードすぎる。

それでも私は今から一年間、グレース・センツベリーを演じ切ろうと固く誓った。

その後、領地にいたというグレースの父である侯爵がひどく慌てた様子で帰ってきた。

娘が襲われたと聞き、慌てて駆けつけたらしい。

「ああ、可哀想に……なんてことだ、すっかり元気が無くなってしまって……」

「あの男は私が絶対に消すから、安心するといい」

「何か欲しいものはあるかい？　お前の心が安らぐ美しいものをすぐに何でも用意するよ、何がいい？」

娘至上主義といった侯爵の様子に、グレースが歪んでしまった理由も分かる気がした。それでも悪い人ではないことは、小説を読んで知っている。

何もいらないと言うキャラでもないだろうと、ひとまず考えておくと伝えた。今後はこういう場面も多いはずだし、色々と考えておかなければ。

過去の私がもらって嬉しかったものと言えば、商品券といった金券や食べ物だった。生活感しかない。

その後はやけにびくびくした様子のメイド達に、食堂へと案内された。

テレビでしか見たことのないようなご馳走が次々と出てきて、緊張や感動をしながらいただいていく。テーブルマナーなんかは身体に染み付いているようで、ほっとした。

「お、美味しい……！」

料理名すら分からないけれど、とにかく美味しいしお高い味がする。けれど寝込んでいたせいか、すぐにお腹がいっぱいになってしまい、食事する手が止まってしまった。

そんな私を見て、やがてメイド達はあっさりと食事を下げていく。

「あっ、待って！」

「どうかされましたか？」

「ええと、その……もったいなくて、なんて……あはは」

思わず片手を伸ばし引き止めてしまったものの、メイド達はひどく困惑した反応をするものだから、冗談だと言うほかなく、今度は不気味だという顔をされた。

グレースほどのお嬢様が、食べ残しをもったいないと思うはずなんてないのだ。心の中で涙を流しながら、貴族令嬢としての生活に慣れるよう努力しなければと反省した。

それからはゆっくり大きなお風呂に浸かり、悪趣味だけれど抜群に寝心地の良いベッドへ横になった。夢に見ていたような生活だというのに、なんだか落ち着かない。

せんべい布団の方が快眠できそうな私は、貧乏が魂に染み付いているのかもしれない。

「お父さんとお母さん、元気かな……」

狭い部屋で毎晩並んで眠っていた両親も恋しくなり、胸が痛んだ。どうか事故に遭った私の慰謝料なんかが入って、生活が楽になっていることを祈るばかりだ。

そんな中、見上げればやはり悪趣味な宝石まみれの眩しい天井が目に入り、センチメンタルな気持ちも吹き飛んでいく。

「……天井から外して、募金とかそういう良いことに役立ててもらえないかな」

あんな豪華なもの、貧乏人からすると恐れ多く、圧すら感じて寝付きが悪くなりそうだ。

そんなことを考えながら、私はこの世界で初めての眠りについた。

翌朝、豪勢で美味しい朝食を頂いた後、改めてメイドが身支度をしてくれた。

グレースの持っていたドレスは赤や紫といった原色の派手なものばかりで、その中でもボリュームが控えめなものを選び、髪もシンプルにまとめてもらっている。

鏡に映る顔は驚くほど小さく、肌は真っ白で透き通るように綺麗だった。

アイスブルーの瞳は長い睫毛に縁取られており、ぷっくりとした唇、小さくて筋の通った鼻がそれぞれ完璧な位置にある。

はっきりとした顔立ちのグレースは、濃い化粧など必要ないくらいに美しい。十七歳だとは思えないほど大人びていて、色気まであるのだ。

メイド達は今までと違うであろう指示に戸惑ってはいたけれど、何もかも私の言う通りにしてくれた。悪女だからといって、常に派手すぎる必要はないだろう。

支度を終えたところで、爽やかな笑みを浮かべた不憫騎士・エヴァンがやってきた。

「おはようございます、お嬢様！」

「きゃああ！　ま、まま、待って服は！　ふ、服は脱がなくて大丈夫なので！」

「あ、すみません。長年の癖で」

今日も彼は顔を合わせた瞬間に服を脱ごうとしたため、慌てて両手で顔を覆った私は叫びながらもなんとか止めた。あまりにも心臓に悪い上に、悲しき性すぎる。

テーブルセットの向かいに座るよう言うと、初めての経験なのかエヴァンはおずおずと腰を下ろした。男性に免疫（めんえき）がないため、眩しすぎる美形に慣れず緊張してしまう。

するとエヴァンが、先に口を開いた。

「お嬢様、体調は大丈夫ですか？」

「あ、ありがとう。お蔭（かげ）様で問題ないわ」

「それは良かったです！　安心しました」

少し——かなり変わっているものの、やはりエヴァンはとても良い人そうで、悪女のグレースなんかに仕えているのはもったいない気がしてならない。

「ねえ、エヴァンは私の専属騎士の他にやりたい仕事はない？」

「どういう意味でしょう？」

「お父様にお願いして、エヴァンのやりたい仕事を紹介（しょうかい）できたらいいなと思って」

一緒に過ごす時間が一番多いエヴァンが、グレースの一番の被害（ひがい）者に違いない。

だからこそそう言ったものの、エヴァンは驚いたように灰色の瞳をぱちぱちと瞬（またた）いた。

「俺、クビになるんですか……？」

「ええと、クビというか、こんな仕事辞めたいだろうなと思って」

「いえ、そう思ったことはないですよ」

「えっ？」

あっさりとそう言ってのけたエヴァンに、こちらの方が驚いてしまう。

「あんな姿で立たされていたのに？」

「はい、全く。お嬢様のお部屋は冬でも暖かいですし、身体には自信があるので」

「ええ……」

頑張って鍛えているんですよ、と眩しい笑顔を向けられ、戸惑いを隠せない。そういう問題ではないと思う。

「だって、色々と酷いことも言われて……」

「お嬢様は誰にでもそうなので、別に気にしていませんでしたよ。顔だけはいつも褒めてくださっていましたし」

どうやらエヴァンは、信じられないほどの鋼メンタルの持ち主らしい。

そうでなければグレースの護衛騎士など、三年も続かないと気付いてしまう。余計な心配をした自分を恥じた。

これからも護衛騎士を続けたいというエヴァンを解雇する理由はなくなり、現状維持ということで落ち着く。

一日足らずの浅すぎる付き合いだけれど、隠し事などできそうにない明け透けな物言いの彼のことは、信用できそうだと思い始めていた。

「それにしてもお嬢様、本当に丸くなりましたね。屋敷の中でも、やはりどこか悪いんじゃないかという噂が広まっていますよ」

「……うっ」

このままでは悪女から遠ざかる一方だ。

まずいと思った私は、顔を上げてエヴァンを見つめた。

「お父様やみんなに心配をかけたくないから、できれば今まで通りに振る舞いたいの。過去の私のことも聞きたいし、違うところはこっそり指導してくれないかしら？」

エヴァンとは目が覚めた時から普通に会話してしまっているため、今更取り繕っても意味はないだろう。

それなら、協力してもらった方がいい。

「分かりました。お嬢様の極悪非道ぶりは誰よりも知っているので、お任せください！　よくこんなことができるな、悪魔の方が優しいんじゃないかって思うような人でなしの事件もたくさんあるので、いくらでもお話しします」

「あっ……ありがとう………」

やはり明け透けにもほどがある。もしかすると、エヴァンのこういうところがグレースの加虐心を煽っていたのではないだろうか。

とにかく味方ができたことで、少しだけほっとする。

ゼイン様と会うまであと一ヶ月弱、グレースという人間をよく知り、しっかり悪女に寄せていかなければと、改めて気合を入れた。

その後、早速エヴァンにグレースとしての様子を見てもらおうと思い、メイドを呼んだ。

「お茶を用意してちょうだい。早くして」

「えっ？　あっ、はい！　ただいま！」

心を痛めながら悪女っぽく言ったつもりだけれど、何故かメイドはほっとしたような様子さえ見せている。

一方、私の側に立つエヴァンは手で0点というジェスチャーをした。どうやら採点形式らしい。

点数すらもらえないことに驚愕していると、エヴァンはこっそりと耳打ちしてくる。

「いつものお嬢様なら、舌打ちをしてテーブルを一度叩きつけるだけでお茶が出てきます」

「そんなことある？」

難易度が高すぎる。やはりグレースという人物になりきるには、まだまだ先は長い。

見た目の美しいお菓子達が並べられていき、まるで絵本に出てくる素敵なティータイムだと思わず胸が弾む。

そして紅茶が入ったティーカップが目の前に置かれようとした瞬間、無意識に「ありがとう」と言ってしまい、動揺したらしいメイドは思い切りカップを倒した。

「も、申し訳ありません……！　い、今すぐに死んでお詫びをしますから、どうか家族だけは……」

「大丈夫ですか!?　ここは俺が食い止めます！」

ケーキナイフを首にあてがうメイドと、テーブルに広がっていく熱いお茶が私にかからないよう、自らの腕でせき止めようとするエヴァン。まずは拭いてほしい。

「落ち着いて、大丈夫だから！　危ないからナイフは離して、火傷するから腕は退けて！」

「マイナス100点です」

「もう、今はいいから！　手を退けて！」

一瞬にして優雅なティータイムは、カオスな空間へと変わっていた。お茶をこぼしたメイドは泣き出し、他のメイド達も私が激昂する恐怖からか、硬直してしまっている。

結局、悪趣味といえど間違いなく相当なお値段のドレスが濡れてしまうことを危惧した私は、自らワゴンの上にあったタオルでこぼれた紅茶を拭き取ってしまった。

「さっさと代えを淹れなさい。次はないわ」

「あ、ありがとうございます……！」

私の言動に対し、メイド達は揃って信じられないという表情を浮かべた後、すぐに完璧にお茶の用意をしてくれた。最後に再び丁寧に謝罪し、部屋を出ていく。

そして再びエヴァンと二人きりになった私は、深い溜め息を吐いた。出オチすぎて泣きたくなる。

「はあ、まさか悪女を演じるのがこんなにも難しいなんて……これじゃグレースとしてマイナスだわ。ダメダメすぎる」

「はい。ただ、人としては100点だと思いますよ」

「急にいいこと言うわね」

このままでは、悪女からは程遠い。メイドというのは噂話が好きだと小説に書いてあったし、屋敷の中での変化は外にまで漏れてしまう可能性があるのだ。

特にセンツベリー侯爵邸の使用人は、入れ替わりが激しいと聞いている。

常に悪女らしい姿でいる必要があるとは言え、わざとではないミスをして泣いている子を責め立てるなんてこと、私にはとてもできそうになかった。

「……わあ、美味しい」

なんだかお茶を飲むだけで疲れてしまったと思いながら、ティーカップに口をつける。

人生で一度も飲んだことのない、お高い味がした。

「それにしても、どうして使用人達はセンツベリー侯爵邸で働くのかしら？　もっと良い職場だってあるはずなのに」

「グレースお嬢様のせいで辞めていく人間が多いので、給金が破格だそうですよ」

「なるほど……エヴァンもそうなの？」

「はい、もらいすぎなくらいだと思います。お断りしているのですが、侯爵様がどうしても受け取ってほしいと仰るので、とりあえずカジノで使っています」

「貯金した方がいいわよ」

侯爵――お父様もエヴァンがグレースにとって、なんだかんだお気に入りの存在だと分かっていて、辞められては困るからなのだろう。

改めてまじまじと見ても、本当に整った顔をしていた。グレースが気に入るのも分かる。かなり変だけど。

この屋敷の使用人はお金に困っている人が多いと聞き、前世のこともあって他人事ではないと思えた私にはもう、悪女ぶって辛く当たることなどできそうにない。

しばらく考え込んだ私はやがて小さく息を吐くと、ティーカップを置いた。

「エヴァン、この屋敷のメイドで特に貧乏で心が強そうで、信用できそうな子を一人連れてきてくれない？」

人の好い彼は、屋敷中の使用人達と仲が良いと聞いている。もはや騎士としての仕事以外しかしてもらっていないけれど、許してほしい。

「はい、すぐに。でも、どうするんですか？」

「こうなったら、サクラを雇おうと思うの」

「さくら……？　とりあえず呼んできますね！」

そしてエヴァンはすぐに、メイドを一人連れてきてくれた。

ヤナと言うらしく、年は二十歳らしい。

「……虐められているフリ、ですか？」

「ええ。私の専属のメイドとしてね」

そう、私の考えた作戦は専属のメイドを用意し、身の回りの世話をすべて頼む。そもそも私はほとんど自分でできるから、一人いれば十分だろう。

そして他の人の前では、そのメイドをこっぴどく虐めるフリをするのだ。

最初からフリだと言っておけば私も心が痛まないし、メイド側には給金と別にお金を多めに支払うことで、生活が少しでも楽になるはず。

グレースの個人的なお金は気が遠くなるほどあったため、ひとまずそこから使わせてもらうことにする。

ヤナは私の様子や提案にかなり驚いていたけれど、すぐに笑顔で頷いてくれた。

「分かりました、ぜひやらせてください。虐められているフリ、頑張ります！　私、泣き真似には自信がありますし、心身共に強いので思いっきりやっていただいて大丈夫です。もちろん絶対に、このことは他言いたしません」

「ありがとう！　これからよろしく」

「まあ、俺の方が強いですけどね」

「なんで張り合ったの？」

赤い髪がよく似合うヤナは実家が相当な貧乏で借金があり、まだ幼い弟や妹もいるのだという。やる気満々で頑張りたいと言ってくれて、心強い。

とりあえず一年間は彼女を専属メイドとして側に置き、屋敷の中ではこの作戦でいこうと思う。

私自身、家の中でもずっと無理に演技をして気を張っているのは辛いため、少しほっとする。二人の前でなら、素の自分で過ごせそうだ。

とは言え、こんなものは応急処置にすぎない。それ以外の場ではしっかりしようと、自身にきつく言い聞かせた。

グレースに転生してから、一週間が経った。

「――はあ、ノロマなお前のせいで気分が台無しだわ。どう責任を取るつもりなわけ？」

テーブルを蹴り飛ばせば、床に座り込むヤナの身体がびくりと震えた。

瞳からは一筋の涙が流れていく。

「も、申し訳ありません……！　ううっ……」

「お前ごときの謝罪に何の価値があるのかしら？　もういいわ、罰を与えるからヤナ以外は出て行きなさい」

私は長い前髪をかき上げると椅子の背に体重を預け、大袈裟な溜め息を吐いてみせた。

ヤナとエヴァンのお蔭で、だいぶ悪女が板についてきた気がする。むしろヤナの演技力が高すぎて、かなり酷いことをしている雰囲気が出るのだ。

その甲斐あって他の使用人達はグレースに怯え、戸惑っている様子だった。とは言え、後ろではエヴァンが32点とジェスチャーしている。

これだけやって32点とは、満点を叩き出す本物のグレースの恐ろしさは想像すらつかない。それでも、マイナスからの大進歩だろう。

　ヤナとエヴァン以外出て行ったのを確認した私は手を差し出し、彼女を立ち上がらせた。

「ありがとう、ごめんなさいね。演技が上手すぎて、罪悪感から途中で思わず謝りたくなったもの」

「良かったです。お嬢様もばっちりでしたよ。急いで支度を始めますね」

「ええ、お願い」

　そうして彼女と共に、鏡台の前へ移動する。腰を下ろすと、すぐにヤナは私の髪を結い始めてくれた。

　少しずつこの生活にも慣れてきてはいるものの、やはり価値観や金銭感覚の違いに戸惑うことも多い。言葉遣いも貴族令嬢らしくしようと、なんとか頑張っていた。豪華な食事も美味しくて幸せだけれど、気軽に食べられる質素な食事も恋しかったりする。

　ちなみにヤナにも記憶が所々ないという設定を伝えてあるけれど、だいぶ仲良くなれた気がする。

「グレースお嬢様、こんな感じでいかがでしょう？」

「すごくかわいいわ！　ありがとう、ヤナ」

「はい。お嬢様は今日もとてもお美しいです」

　顔を上げると鏡には緩いポニーテールで髪をまとめた、お出かけスタイルの私が映っていた。未だに鏡を見るたびに驚いてしまうくらい、グレースは美しい。

ドレスはグレースが「地味だからいらない」と以前捨てておくよう言い、辞めたメイドが別の部屋に置き忘れたままだった、淡いスミレ色のシンプルなものを着ている。

真昼に真っ赤なフリルだらけのドレスは流石に辛すぎるため、助かった。

「今日は俺がしっかりお守りしますから、安心してめいっぱい楽しんでくださいね」

「ありがとう。なんだか騎士っぽいわ」

「俺もそう思いました、格好良いなって」

そう、今日はこれからエヴァンとヤナと共に、街中へと出かけることになっている。

そろそろ屋敷の外に出てみたかったし、お父様から新しいドレスを買うよう、目玉が飛び出そうなくらいのお小遣いを渡されてしまったのだ。

私自身としては今ある分で十分だけれど、強欲悪女であるグレースが同じドレスばかりを着ているなんて、絶対にあってはならない。

ということで、まずはドレスショップに行く予定だ。既にお父様が、国内でもトップの人気を誇るデザイナーの店を予約してくれているらしい。

人生で最も高価な買い物が自転車の私は、一体今からいくらの買い物をするのだろうと緊張が止まらない。

ちなみにこの国の通貨である「ミア」は日本の「円」の感覚と変わらないようで、とても分かりやすかった。その分、リアルな数字に具合が悪くなるけれど。

馬車に揺られながら、窓の外に流れていく王都の街中の景色を見つめる。

「わあ、すごい人！　いつもこんなに賑わっているの？」

「明日からは建国祭ですから、国中から王都に集まってきているんですよ。普段はもっと落ち着いていています」

なんというかテレビで見るようなお洒落なヨーロッパの街並み、という感じだ。

大人から子どもまで大勢の人々が楽しそうに通りを歩いていて、思わず笑みがこぼれた。とは言え、馬車を降りてからはツンとした顔をしていなければ。

そして到着したドレスショップは一等地らしい場所にあり、外観からして高級感が漂っている。

「センツベリー様、お待ちしておりました」

「ええ」

つい緊張してしまいながら中へと入れば、すぐに洗練された美女店員が出迎えてくれた。

案内され廊下を歩いていると、前方から急いだ様子の女性が向かってきて、すれ違い様にぶつかってしまう。

「…………！」

こんな時グレースなら怒るだろうと思ったものの、相手の顔を見た瞬間、私は言葉を失ってしまった。

そこには妖精かと思うほど、可愛らしい貴族令嬢がいたからだ。腰まである絹糸のような銀髪がふわりと揺れ、この世のものとは思えない儚さや美しさがあった。

「ごめんなさい、大丈夫でしょうか？」

心配げに私を見つめる蜂蜜色の瞳は、宝石のようにキラキラと輝いている。文句ひとつつけようのない顔立ちは、まるで精巧な人形のようだと驚いてしまう。

もちろんグレースも美人だけれど、こちらは美少女という感じだ。全く目利きができない私でも、身に付けているものは全てかなりの高級品だと分かった。

「ああ、急がなきゃ！　本当にごめんなさいね」

それだけ言うと、美少女は急いで店を出て行く。その後ろを、侍女らしき女性達が慌てて追いかけていった。

「うーん、どこかで見たことあるような……」

けれど主要登場人物ならイラストで見ているから顔は分かるだろうし、気のせいだろうと思い、私は再び店員の後をついて廊下を歩いていく。

その後、数時間かけて大量のドレスを購入し、それ以上にオーダーメイドの注文もした私は、今すぐに寝込みたくなっていた。

それでも元々のグレースとは比べ物にならないほど少ないと言われ、気が遠くなる。

「身体はひとつしかないのに……おかしいわ……」

お金を気にせずに好きなだけ買い物をしたいと、夢見たことはある。けれど馴染みのない大金を使うという感覚は、想像していたよりもずっと怖いものだった。

侯爵家からすれば大したことのない金額だということだって理解しているものの、やはり落ち着かない。

この感覚にはあまり慣れたくないなあなんて思いながら、私はドレスの山を見つめ、大きな溜め息を吐いた。

屋敷に戻った後は、裏庭にてエヴァンと魔法の練習をした。実は数日前から、こっそりと毎日続けている。

「やった、できた！　か、かわいい……！」

私の目の前では、ハニワのような小さな土人形がひょこひょこと歩いていた。

「ほぼ初めてのようなものなのに、ここまで使いこなせるなんて異常ですよ。変態です」

「他に褒め方はなかったの？」

この世界には魔法が存在し、人口の三割程度が使えるのだという。魔法使いは特に貴族に多いんだとか。

そしてグレースもその一人であり、火・水・風・土の四属性と貴重な光と闇属性がある中で、グレースはキャラと見た目に反して土魔法使いだった。

本人も美しくないとお気に召さなかったようで、潤沢な魔力量を持ちながらも一切使っていなかったようだ。

「こんなにすごい魔法なのに……よしよし」

私の魔法で作り出した土人形は集中している間、思い描いている通りに動いてくれる。ぺこりとおじぎをしたハニワちゃんの頭を撫でると、何故かエヴァンは「いいなあ」とこぼしていた。

私自身もともと魔法というものに憧れはあったし、元々グレースには才能があったのか、簡単に色々とできるようになって楽しい。

一年後に舞台装置としての役割を終えたら、この魔法を使って農作物を育ててみたいと思っている。

「お嬢様の場合は大丈夫だと思いますが、魔力切れは命の危険もありますからね。少し休みましょうか」

「そうね、ありがとう」

やがて休憩をしようということになり、近くのベンチに並んで腰を下ろす。すぐにヤナが冷たい飲み物を用意してくれて、本当に至れり尽くせりだ。

それからは三人で昼間出かけた際の話をしていたところ、私はふと妖精のような美少女のことを思い出した。

「そう言えばドレスショップでぶつかった子、本当に可愛かったわ。お姫様って感じで」

「ウィンズレット公爵家のご令嬢ですからね」

「なるほど、ウィンズレット家の——……えっ？」

私は跳ねるように顔を上げ、エヴァンを見つめる。

「ゼイン・ウィンズレット様の妹、ってこと⁉」

「はい、そうですよ。マリアベル様です」

エヴァンは当然のようにそう言ったけれど、私はだんだん心臓の鼓動が速くなっていくのを感じていた。

——マリアベル・ウィンズレット。彼女は小説のストーリー開始前に亡くなる、ゼイン様の妹だ。

彼女のイラストはなかったものの、見たことがあるように感じていたのは、ゼイン様に似ていたからだろう。

両親を亡くした二人は、たった一人の肉親であるお互いを大切に想い過ごしていたけれど、ある日マリアベルは公爵家に理不尽な恨みを持つ男に攫われてしまう。

必死の捜索の末、深夜の山奥でゼイン様が目にするのは惨殺されたマリアベルの遺体だった。そうして壊れかけたゼイン様の心にグレースがつけ込み、物語は始まる。

小説の中ではモノローグで語られるたった数行の部分だったけれど、先程会った彼女がこれからそんな目に遭うと思うと、ぞくりと身体が震えた。

「……でも、まだ生きてた」

きつく手のひらを握りしめ、必死に記憶を辿る。

小説のストーリーの始まりは来月、グレースとゼイン様が国主催の舞踏会で出会うところからだったはず。妹を亡くしたばかりのゼイン様を、国王が無理に呼び付けるのだ。

そして、それまでのゼイン様の過去は回想シーンで語られるのみ。きっとマリアベルが誘拐されるまではもう、本当に時間がないはず。

「確かゼイン様は王都を離れている時で……どうして離れていたんだっけ……そうだ、何か任務があって……」

「お嬢様？　どうかしましたか？」

「あ、建国祭！　隣国の大使を迎えに行くんだわ！」

王国最強の騎士として名高いゼイン様が、建国祭の前日に隣国の大使を国境の近くまで迎えに行き、王都を離れているタイミングを犯人は狙う。

『明日からは建国祭ですから、国中から王都に集まってきているんですよ』

つまり、マリアベルが殺されるのは――……

「……今夜だ」

本当にもう、時間がない。

そう思った私は、必死にマリアベルがいるであろう場所を思い出そうとする。

「山の名前は……だめだ、そんなの覚えてない」

何度も読んだからといって山の名前なんて読み飛ばしてしまっているし、覚えているはずなんてなかった。

「ねえ、ここから近い山はいくつある？」

「王都からなら、フィギス山かノヴァーク山ですね」

「…………」

山の名前を聞いても、全然しっくり来ない。

結局これ以上何も思い出せなかった私は、再び口を開く。

「犯罪者が人を攫って殺すとしたら、どっち？」

「それならノヴァーク山でしょうね。フィギス山は見晴らしがかなり良くて、常に観光客も多いので」

それならきっと、ノヴァーク山だ。

私はベンチから立ち上がると、エヴァンの手を取った。

「お願いがあるの。今から何も聞かずに、ノヴァーク山へついてきてくれない？」

「もしかして俺……殺されるんですか？」

「ち、違うわよ！　ごめんなさい、今の流れは完全に私が悪かったわ」

詳しいことを説明している暇はないし、説明できるような、信じてもらえるような話でもない。それでも、これだけは伝えておかなければ。

「マリアベルを助けに行きたいの」

——最低最悪な悪女のグレースがゼイン様の恋人になれたのは、間違いなくマリアベルの死があったからだ。

それがなければ、きっと見向きもされず、むしろ彼にとっては嫌いな人種に違いない。

だからこそ、ここでマリアベルを助けようとするのは悪手だろう。悪手どころか、自ら正規ルートを全力で潰しに行くようなものだ。

もちろん戦争が起こるのだって死ぬのだって怖いし、必ず避けたいと思っている。

それでも黙ってマリアベルが死ぬのを待ち、それを利用してゼイン様に近づくなんて、どうしても嫌だった。

『ごめんなさい、大丈夫でしょうか？』

だって、彼女はこの世界で生きている。

まだたった一週間しか経っていないけれど、もう、この世界の人々のことをただの小説のキャラクターだなんて思えそうにない。エヴァンだってヤナだって、みんな生きている一人の人間だった。

今ここで何もしなければ、絶対に一生後悔する。その後のことは、彼女を助けられた後に考えるしかない。

「分かりました、急いで馬を借りてきます。お嬢様はその間に着替えてきてください。正門でお待ちしていますね」

「わ、分かったわ！　ありがとう」

動きやすい乗馬用のパンツタイプの服に着替えた私は、エヴァンと合流し馬に乗った。

他にも騎士を連れて行ったり、助けを求めたりしようかとも考えたけれど、時間もなければ何の証拠もないのだ。むしろ、信じてもらえる方がおかしい。

そう思いつつも、ノヴァーク山にマリアベルが囚われている可能性が高いと、匿名でゼイン様に手紙を送っておくよう頼んである。

間違っている場合もあるけれど、そもそもゼイン様は間に合わないのだ。それなら何もしないよりはいいはず。

「う、馬って、こんなに速いのね……！」

「俺の方が速いですけどね」

「また張り合ってる」

男性とこんなにも密着するのは初めてだったものの、エヴァンがエヴァンすぎて異性として意識していないせいか、ドキドキや緊張ひとつしないのがありがたい。

マリアベルが無事であってほしいと願いながら、ぎゅっと手を握りしめる。

「とにかく、この山のどこかにある小屋にマリアベルは囚われているはずなの。犯人は一人で、魔物(まもの)を操(あやつ)ってる」

「魔物を操る？　そんなことができるんですか？」

「……ええ。これから、そういう事件が増えるはず」

今後この国を中心に、魔物を操る道具などが少しずつ出回るようになる。小説の二巻以降に黒幕が出てくるけれど、もちろんすべてゼイン様とシャーロットが倒(たお)してくれるのだ。

「でも、こんな話を信じてくれるの？」

「信じる信じないと言うより、俺はお嬢様の命令に従うだけなので、何でもいいんですよ」

「エヴァンは分かりやすくていいわね。ありがとう」

そんなエヴァンに感謝しているうちに、ノヴァーク山に到着した。険しい山道ということもあり、馬は魔物に襲(おそ)われないよう麓(ふもと)に置いていき、自らの足で登っていく。

どうかマリアベルがまだ無事であってほしいと願いながら、額から流れてくる汗(あせ)を袖(そで)で拭い、足を動かしていく。

「そう言えばエヴァンって、どれくらい強いの？」

「俺ですか？　俺は――」

そこまで言いかけたところで、前方から魔物の群れが駆け降りてくるのが見えた。狼をぐちゃぐちゃにしたような、初めて見るおぞましい魔物の姿に恐怖を感じてしまう。

けれど一方のエヴァンはいつもと変わらない様子で、爽やかな笑みを浮かべている。

「この国で五本の指に入るくらい、じゃないですかね」

次の瞬間にはもう、エヴァンは腰から剣を抜き、魔物に斬りかかっていた。瞬きをしている間に、魔物は肉片へと変わっていく。

圧倒的なその強さに、言葉を失ってしまう。先程の「この国で五本の指に入る強さ」というのは、本当なのかもしれない。

あの娘を溺愛しているお父様がグレースに、護衛を一人しか付けないのはおかしいと思っていたのだ。それも、あんな事件があった後だというのに。

――それはきっと、エヴァン・ヘイルという騎士の実力を信用しているからなのだろう。

「さて、行きましょうか」

あっという間に全てを倒し切ったエヴァンは、私の元へと戻ってくると背を向け、しゃがみ込んだ。

「この辺りの魔物は片付けたでしょうし、走り抜けます。俺の背中に乗ってください」

「えっ？　あ、ありが――きゃあああああ！」

おずおずとエヴァンの背中に乗り、しっかりと肩に摑まった途端、視界がブレた。突然、ジェットコースターに乗っているかのようなスピードで、エヴァンが走り出したのだ。

「ほら、言ったでしょう？　馬より速いって」

「た、確かに！　疑ってごめんなさい！」

「俺は風魔法使いなので、足に風を纏って移動できるんです。長距離移動には向かないんですけどね。舌を噛まないよう気をつけてください」

あまりにも速く、周りの景色すらよく見えない。

けれど彼はしっかり見えているようで、やがて足を止めた。

「小屋って、あれじゃないですか？」

それらしい小屋を見つけ、思わずほっとするのと同時に甲高い悲鳴が聞こえてきて、全身の血が凍り付くような錯覚を覚える。

エヴァンと共に急いで小屋の中へ入ると、古びた剣を持った男と、両手を縛られたマリアベルの姿があった。

既に何度も切りつけられたようで、泣きじゃくるマリアベルの服はあちこち真っ赤に染まっている。その痛々しい姿に、泣きたくなった。

本来のストーリーでは、こうして痛めつけられ続けた末、彼女は命を落としたのだろう。

「……っ」

私はすぐにマリアベルの元へ駆け寄り、音も立てず剣を抜いたエヴァンは、私達を庇うように男と対峙した。

「助けにきたので、もう大丈夫ですよ」

「……っう、……ひっく……こわかっ……う……」

土埃まみれで傷だらけで、昼間とはまるで別人のような姿に胸が締め付けられる。

私の身体に縋り付くように抱きついたマリアベルは確かまだ、十四歳のはず。どうして彼女がこんな目に遭わなければならないのだろう。

やるせない気持ちになりながら、ヤナからお守りにと渡されていた短刀で手のロープを切っていく。すると、その様子を見ていた男の舌打ちが小屋の中に響いた。

「なんだ、お前ら？　どうしてここが分かった？」

「お前こそ何をしていた？」

「見りゃ分かるだろ、ウィンズレット公爵家の大切なお姫様を殺そうとしてたんだよ」

身なりの汚い男が不気味に笑った次の瞬間、エヴァンは男を地面に押さえ付けていた。

その首元には、剣が突きつけられている。

この男自身は確か、爵位を取り上げられた元貴族のはず。魔道具を使い魔物を使役できるだけでは、騎士であるエヴァンに敵うはずがない。

「こいつ、殺さない方がいいですよね？」

「ええ、そうね。捕まえておいて」

私はこの国の法に詳しくないけれど、犯罪者だからと言って勝手に殺すのは良くないだろう。それくらいしてほしい気持ちではあるけれど、ゼイン様のこともあるし、正しく裁かれるべきだ。

ひとまずこれで一安心だと思った私は、マリアベルの傷の手当てをしようと思い、腰から下げていたポーチから治療道具を取り出したところ、彼女は小さく首を振った。

「だ、大丈夫です。私、治癒魔法、つかえます」

「そうなんですね！　わあ、すごい……！」

そう言うと、マリアベルは自らの手を身体にかざす。すると淡く柔らかな光に包まれた傷口が、一瞬にして治っていく。

初めて見る治癒魔法の美しさや凄さに驚きながら、これ以上痛い思いをしなくて済むようで、ほっとする。

「本当に、よかった……」

全ての傷を無事に治し終えると、やがてマリアベルは真っ赤な目で私をじっと見つめた。

「本当にありがとう、ございました」

「どういたしまして」

「あの、どうして私を助けてくださったんですか……？　お昼にマダム・リコのお店でお会いしました、よね」

「ええと、それは――」

確かに彼女からすれば、昼間に一瞬だけ顔を合わせた人間がいきなり山奥まで助けにくるなんて、意味が分からないだろう。むしろ怖いかもしれない。

どう説明しようかと頭を悩ませていると、不意にバキ、ゴキ、という聞き慣れない大きな音が響いた。

「えっ、えええ……⁉」

なんとエヴァンに押さえつけられていたはずの男の身体が、巨大な魔物に変化したのだ。その巨体は小屋の天井を突き破り、口からは炎を吐いている。

「まさか、この男も薬を持っていたなんて……」

人間が魔物に変化する薬は、二巻から出てくるはず。本来なら私達という邪魔が入らないため使う必要がなかっただけで、実際の物語でも薬自体は所持していたのかもしれない。

予想外の展開に、冷や汗が流れる。

「へー、人って魔物になるんだ。面白いですね」

「全然面白くないわよ！」

そんな中、地響きのような雄叫びを上げている魔物姿の男を前にしても、エヴァンは変わらず飄々としている。

マリアベルは私の服を、震える手でぎゅっと握っていた。普通はこんな出来事に遭遇すれば、怖くて仕方ないだろう。

「でも少し時間はかかりそうですね。大丈夫ですよ、あの人は強いからと伝える。相性が最悪なので」

「倒せそう？」

「それは間違いなく。ここは危ないので、お二人は離れていた方がいいと思います。何かあったらすぐに呼んでください」

「ええ、分かったわ。エヴァンも気を付けて」

エヴァンばかりに無理をさせて申し訳ないけれど、とにかくその間、無事でいなければ。

小屋には火が移り崩れ始めてきたため、私達は外へと避難する。そうして離れたところでエヴァンを見守りながら、大人しくしていようと思っていた時だった。

マリアベルが、震える手で私の後ろを指差した。

「う、うしろ……！」

「えっ？」

振り返った先には、先程エヴァンが倒したものと同じ狼のような魔物の姿があった。

それも、三匹も。

「う、うそでしょ……」

エヴァンの方はまだ戦闘を続けているようで、声を上げて呼ぼうとした時にはもう、魔物達はこちらへ牙を剝いて向かってきていた。

エヴァンを呼んだところで、間に合いそうにない。

「……っ！」

そう思った私は咄嗟に地面に手を突き、自分達を囲むように土魔法で壁を作った。

けれどすぐにドンッ、ドンッ、と地面ごと揺れ、体当たりをされているのだと悟る。やはり耐久性が低いのか、パラパラと崩れ始めた土壁の欠片が降ってくる。

まだ魔法を使い始めて、たった数日なのだ。どうすれば強度が上がるのかも分からない。どうか一秒でも長く持ってくれと祈りながら、ひたすら魔力を流し込む。

「だ、大丈夫です、私はこんなところで死ぬキャラじゃないので」

そんな願望に似た言葉を呟き、自分自身に言い聞かせる。かたかたと震えるマリアベルの瞳からは、再びぽろぽろと涙がこぼれていた。

なおも魔物は体当たりを続けているようで、土壁にはヒビが入っていく。それでもエヴァンが間に合ってくれると信じて、必死に魔法を使い続けていた、けれど。

「………？」

不意にぶつかるような音が止み、静かになった。外の音はほとんど聞こえないため、何が起きたのか分からない。

魔物の知力は高くないらしく、私達を油断させるために攻撃をやめた、なんてことはないはず。エヴァンが助けに来てくれたのかもしれない。

そう思いながらも万が一のことを考えると怖くて、魔法を解けずにいた時だった。

「えっ？」

突然、土壁がバラバラと崩れたのだ。思わずぎゅっと目を瞑ったものの、壁の破片が私達の上に落ちてくることも、痛みが来ることもない。

「──おにい、さま」

数秒の後、やがて聞こえてきたマリアベルのそんな声に、心臓が大きく跳ねた。

ゆっくりと、恐る恐る顔を上げる。

「……っ」

そして一瞬で、目の前に立つ彼が何者なのかを理解した。

理解させられた、と言うのが正しいかもしれない。その圧倒的なオーラや暴力的な美しさに、目を奪われる。

輝くような銀髪に、太陽のように眩しい金色の瞳。

私が知っている陳腐な言葉ではとても言い表せないくらい、彼──ゼイン・ウィンズレット様は綺麗だった。

「ゼインお兄様……！」

ふらふらと立ち上がったマリアベルは、まっすぐにゼイン様の腕の中に飛び込んでいく。

ゼイン様もマリアベルをきつく抱きしめ返し「本当に無事でいてくれてよかった」と、消え入りそうな声で呟いた。

本来なら二度と会うことができなかったはずの二人の姿に、胸がじわじわと温かくなっていく。

「……あ、あれ」

気が付けば、私の目からは涙がこぼれ落ちていた。

もちろん嬉しいという気持ちが一番ではあるものの、これで本当にマリアベルが助かったのだという、安堵の気持ちも大きかった。

烏滸がましくはあるけれど、ずっと他人の命を抱えているような、そんなプレッシャーがあったのだ。

慌てて服の袖でごしごしと目元を拭い顔を上げると、ゼイン様とぱっちり視線が絡んだ。

「お兄様、こちらの方が私を助けに来てくれたんです」

「そうか。妹を助けてくれて、感謝する。名前を聞いてもいいだろうか」

「えっ……？」

もちろんゼイン様だって、侯爵令嬢であり色々と有名であろうグレース・センツベリーのことは知っているはず。

けれど普段とは違う服装や様子から、グレースだと気付いていないのかもしれない。

マリアベルも来年から社交デビューのため、グレースのことを知らないのだろう。

こんなところまで悪女のグレースがマリアベルを助けにきたとなれば、キャラ崩壊もいいところだ。このまま適当な名前を名乗り、誤魔化そうと決めた時だった。

「あっ、グレースお嬢様！　良かった、無事にマリアベル様を助けられたんですね。こんな時間にこんな山奥まで来た甲斐がありました」

「………」

「犯人の男は半殺し、いえ八割殺しにしたら人間に戻ったので、とりあえず縛って転がしておきましたよ」

血まみれのエヴァンが爽やかな顔をして丁寧に解説しながら現れたことで、いきなり身バレしてしまう。

とは言え、これも全て彼のお蔭なのだ。エヴァンにはこっそりお礼を言い、そのまま逃げるようにこの場を立ち去ろうとしたのだけれど。

「……君は、グレース・センツベリーなのか？」

名前を呼ばれたことで、心臓が大きく跳ねる。どきりとするくらい声まで良い。推しが目の前にいるという状況なのに、大ピンチなのが悔やまれた。

先程ゼイン様に手紙を送ったものの、いざ鉢合わせした時にどうすべきかなんて、考えておく余裕などなかった。これ以上は誤魔化せそうになく、小さく頷く。

「妹を助けてくれたのなら、礼をさせてほしい。だが、なぜ君がこの場所にいたんだ？」

「……それは」

こんな時間にこんな山奥に、嫁入り前の侯爵令嬢が騎士と二人きりでいるなんて、明らかにおかしい。いくら考えても良い言い訳など思いつかなかった。

――そしてこの時の私は本当に、限界だったんだと思う。

そもそも平凡に生きてきた日本のOLだというのに、魔物なんて化け物に遭遇しグロテスクな死体を見て、サイコパスな犯罪者と対峙して、今度は巨大な化け物、そして再び魔物に襲われるなんて経験を一気にしたのだ。

どう考えたって、平気なはずがない。間違いなく、頭がおかしくなったって仕方のない状況だった。

それでもマリアベルを救いたいという一心で、ギリギリのところで精神を保っていたけれど、それも遂に限界を迎えてしまう。

結果、私は見覚えのあった足元の草をぶちっと引き抜いた。

「こ、この草は炒めて食べると美味しいんですよ。こう見えてトゲも柔らかくて」

「……は？」

「夕食を採りにきたら、襲われていたところにたまたま遭遇しただけです。本当です、生でも食べられます」

そして、血迷った私はそのまま草を食べてみせた。もう自分でも何を言っているのか、何をしているのか分からなかった。

ひとつだけ分かるのは、もう何もかもが終わったということだけだ。

「………」

そうして消えてなくなりたくなるような重く苦しい沈黙の中、辛くて泣きそうになっていると、何故かエヴァンも近くに生えていたものを引き抜いて食べ始めた。

「あ、本当だ。全然いけますね」

正直、エヴァンのことが好きになりそうだった。絶対に結婚したくないタイプだけれど。

いきなり草を食べ始めた私達がゼイン様とマリアベルの目にどう映っているのかなんて、考えたくもなかった。

「それにしても、最初からこれが目的だと言ってくだされればよかったのに。もっと探してきましょうか？」

申し訳ないけれどエヴァンではなくゼイン様に信じてほしかったと思いながら、私は首を左右に振る。

「も、もういいから、帰るわよ！　失礼します！」

遠慮のなくなった私はエヴァンの背中に思い切りしがみつくと、急いでこの場を離れるよう頼んだのだった。

二日後、自室のテーブルに突っ伏していた私は、絶望感でいっぱいになっていた。様子のおかしい野草女になってしまった今、ここからゼイン様の恋人になる方法など、ひとつも思いつかないのだ。詰んでいる。

「……もうどうにもならないし、きっと私なんて何をしてもダメだし……戦争が起きるまで好きなことでもしようかな、お菓子とか作っちゃったり……フフ」

もはや開き直ることにした私は、先日借りてきた魔草に関する本を手に取った。

「お嬢様って魔草に興味があったんですね。知りませんでした」

現実逃避をし始めた私の側で、エヴァンは私の手元の本を覗き込んでいる。

――この世界には「魔草」という、毒消しだったり回復ポーションの元になったりと、様々な効果を持つ植物が多数存在するらしい。

山奥に元の世界にあった野草が存在するのを知ったことをきっかけに色々調べているうちに、興味を持ったのだ。料理に入れると滋養強壮に良いものもあって、とても面白い。

快眠効果があるものなどもあり、お菓子なんかに入れてもいいんだとか。元々節約料理やお菓子作りが趣味だった私は、色々作ってみたいと思っていた。

「ええ。近いうちに魔草を使って、お菓子でも作ってみようかなって」

そんな話をしていると、ヤナが慌てた様子でこちらへ駆け寄ってくるのが見えた。

「お嬢様！　大変です、お客様がいらっしゃいました」

「ええと、誰？　聞いたところで分かるかしら」

「ウィンズレット公爵様ですよ！」

「えっ？」

どうして、ゼイン様がここに。嫌な予感しかせず、冷や汗が流れる。

それから私はあっという間に、ヤナによって身支度を整えられた。

買ったばかりの深いブルーのドレスに着替え、てきぱきと髪は緩く巻かれていく。しっかりと化粧を施された私は、間違いなく山奥での姿とは別人だった。

「……どうしよう」

まさかこんなにも早く、ゼイン様と会うことになるなんて思っていなかった。事件の処理をしたりマリアベル様の心の傷を癒やしたり、忙しいだろうと高を括っていたのだ。

「マリアベル様もご一緒だそうですよ」

「ええっ」

何よりあんな奇行をした後、逃げるように去ってしまったし、放っておいてほしかったけれど、誠実な二人はお礼を言いに来てくれたのかもしれない。

こうなればもう、方法はひとつしかない。そう思った私は、ぱちんと思い切り頬を叩いて気合いを入れる。

準備を終えて立ち上がると、全身鏡に映る私は美しき悪女、グレース・センツベリーそのものだった。ぐっと意識が上がるし、やはり形から入るのは大事だ。

「……よし」

深呼吸をして、応接間へと向かう。後ろにはエヴァンが付いてきてくれている。

応接間へ入ると並んで座るゼイン様とマリアベルの姿があり、私は「ごきげんよう」と小さく微笑むと、テーブルを挟んだ二人の向かいに腰を下ろした。

初めて明るい場所で見たゼイン様は恐ろしいほどに美しくて、目がチカチカする。その隣には超絶美少女であるマリアベルがいるせいか、尚更輝いて見えた。

小説の推しが生きていて目の前にいるという奇跡に、こんな状況下でも感動してしまう。いつも側にいるエヴァンという不思議とときめかないイケメンのお蔭で、美形への耐性ができていなければ、直視などできなかったに違いない。

「急に訪ねて来てすまない。騎士団での事情聴取の後、そのまま立ち寄らせてもらった」

「ごめんなさい、私がわがままを言ったんです」

「いえ、お気になさらないで」

マリアベルも私同様、山奥での姿とはまるで別人だった。元気そうで良かったと思いながら、出されたばかりのティーカップに口をつけるとゼイン様が口を開いた。

「マリアベルから詳しい話を聞いた。君がいなければ、間違いなく死んでいたと」

「まあ、そうでしょうね」

「妹が今ここにいるのは君のお蔭だ。礼を言う」

気を遣ってくれているのか、何故あの場所にいたのかを尋ねられることもない。

どんなに嫌いなタイプの人間——悪女であろうと、たった一人の家族であるマリアベルの命を救った相手だからだろう。

私の後ろに立つエヴァンにも、丁寧にお礼を言ってくれた。さすが主人公、いい人だ。

「いえ、全てお嬢様のお蔭です。俺はお嬢様の『マリアベルを助けに行きたいの』という熱い想いに応えただけですから」

「…………」

気持ちはとても嬉しいけれど、今はあまり余計なことを言わないでほしい。しっかり打ち合わせをしておくべきだったと、心の中で頭を抱えた。

一方、エヴァンの言葉を受けたマリアベルは、感激したような表情を浮かべている。

「グレース様も、その、取り乱してしまうくらい怖い思いをされていたのに、必死に私を守ってくださって……」

どうやらマリアベルの中で、野草の件は私が恐怖で取り乱したということになっているらしい。間違ってはいない。

「本当に、本当にありがとうございました」

「ええ。マリアベル様も今後は気を付けてください」

「はい！　よろしければ今後はぜひ、マリアベルと」

「えっ？　ま、まあ、気が向いたら」

やはりあんな目に遭っていたマリアベルに対しては、どうしても悪女ムーブなどできそうになかった。その上、彼女はまるで憧れの人に向けるような、やけにキラキラとしたまなざしを向けてくるのだ。冷たくするなんて不可能すぎる。

やがてふたつの金色の瞳でこちらをじっと見つめていたゼイン様は、「グレース嬢」と静かに私の名前を呼んだ。

「どうか君が、命懸けで妹を救ってくれた礼をさせてほしい。俺にできることなら何でもしよう」

その瞬間、私は「来た！」と両手を握りしめた。

恵まれている上に強欲なグレースが何でも持っていることは、ゼイン様だって知っているはず。だからこそ、こうして願いを聞いてくれるかもしれないと思っていたのだ。

——今の私に残された道は、とにかく恋人というポジションに収まり、ゼイン様に好きになってもらうことだけだ。

本来のグレースとの関係とは違うものの、別れを告げた際、彼の心が多少痛むような存在になればいいだろう。そうして一年後に心を鬼にして、シャーロットの前でゼイン様をこっぴどく振れば、何もかも元通りのはず。

正直、どうすれば目の前の完璧イケメンに好いてもらえるかなんて、私には見当もつかない。こうして話をしているだけで、緊張が止まらないくらいだ。

それなのに悪女のフリをしながら好いてもらうなんて、不可能としか思えない。それでもやるしかないのだから、ひとまず今は軌道修正しなければ。

そう考えた私はなんとか笑みを浮かべ、口を開いた。

「では、私の恋人になってくれませんか」

そう告げた瞬間、驚いたようにゼイン様の切れ長の両目が見開かれる。

隣に座るマリアベルは「まあ！」と照れたように頬を両手で覆った。

「……俺が、君の恋人に？」

「ええ。ずっとゼイン様をお慕いしていたんです」

「…………」

これは間違いなく、嘘だと思っている顔だ。

今までグレースはそんな素振りを見せていなかっただろうし、当然の反応だろう。小説でも気分屋すぎるグレースはある日突然、ゼイン様が欲しくなるのだ。

「……分かった。君がそう望むのなら」

やがて明らかに乗り気ではないものの、ゼイン様は静かに首を縦に振ってくれた。

絶対に嫌で仕方がないはずなのに、なんていい人なのだろうと胸が熱くなる。

「ありがとうございます、ゼイン様。嬉しいです」

私が絶対にシャーロットとの幸せの道に繋いでみせるから、どうか一年だけ我慢してほしいと、心の中で念を送る。

「とっても素敵だわ！　お兄様とグレースお姉様が恋人だなんて……なんてお似合いなのかしら……！」

その一方で、真顔のゼイン様の隣でうっとりとした表情を浮かべたマリアベルには、私がどんな人間に映っているのだろう。

やがてゼイン様は「また連絡する」と言い、立ち上がった。形だけとは言え、こんなにも綺麗な人が自分の恋人だなんて、いまいち実感が湧かない。

「ええ、お待ちしています」

「お姉様、ぜひ私ともお茶会をしてくださいね」

当然のように私を「お姉様」と呼んだマリアベルは天使のような笑みを浮かべ、ゼイン様の後をついていく。

「それでは、また」

「ああ」

そうして二人を見送った後、屋敷へと戻りドアを閉めた私は全身の力が抜け、へなへなとその場にしゃがみ込んだ。

ひとまずは物語のレールの上にしがみつくことができて、本当によかった。

「お嬢様が記憶をほとんど無くしても、ウィンズレット公爵様のことを一番に尋ねてきた理由が分かりました。愛の力だったんですね！」

「……そ、そうなのかもしれないわ」

エヴァンはいたく感動したような様子を見せているけれど、まだ問題は山積みどころか問題しかない。

「まずは、少しでも好きになってもらわないと」

間違いなく好感度はマイナスからのスタートだ。恋愛経験（れんあいけいけん）すらない私にとっては、恐ろしく険しい道のりになるに違いないと、口からは溜め息が漏（も）れる。

——そんな私がまさか、いずれゼイン様が振っても別れてくれなくなるなんてこと、想像できるはずもなく。

こうして若干のフライングと共に、グレース・センツベリーとしてのストーリーが開始したのだった。

第一王子主催の夜会の最中、ホールを抜け出してバルコニーで夜風に当たっていると、不意に肩を叩かれた。

「ゼイン、こんな所にいたのか」

「……ボリスか」

振り返った先には、侯爵令息であり幼い頃からの友人であるボリスの姿があり、小さく息を吐く。

ボリスは俺の隣に並び立つと、眉を顰めた。

「なあ、マリアベルが攫われて殺されかけたって話を聞いたんだが、大丈夫だったのか？」

事件からまだ三日しか経っていないというのに、どこから漏れたのか噂好きな社交界では既に、マリアベルの殺人未遂の話は広がっているらしい。

夜会中やけに視線を感じたのは、それが原因だろう。

「ああ。グレース・センツベリーのお蔭でな」

「は？　どういうことだ？」

だが流石に、グレース・センツベリーがマリアベルを救ったということまでは知らないようだった。知ったところで、誰も信じないのが目に見えている。

俺自身、ボロボロの姿でマリアベルを抱きしめる彼女の姿を目にしなければ、絶対に信じなかっただろう。

——男好きで強欲で、自分勝手で傲慢（ごうまん）な悪女。それが誰もが知るグレース・センツベリーという人間だった。

だからこそ、そんな彼女が危険を冒（おか）してまで妹を救った理由が分からなかった。

彼女が何故マリアベルが攫われたことを知っていたのか、何故その誘拐先がノヴァーク山だと分かったのか、不可解なことも多い。

屋敷に匿名で届いていた「マリアベルはノヴァーク山に囚われている可能性が高い」という手紙もそうだ。

それでも、もしも唯一（ゆいいつ）の家族であるマリアベルをあんな形で失っていたら、俺は今頃（いまごろ）、正気でいられたか分からない。グレースには本当に感謝している。

だからこそ、何でも願いを聞くと告げたのだ。

「それで、どうなったんだ？　何か強請（ねだ）られたりとか」

「恋人になった」

「……悪い、俺の耳が悪くなったのかもしれない。もう一度言ってくれないか？」

「グレース・センツベリーの恋人になった」

そう告げればボリスは両目を見開き、再び「は？」という間の抜けた声を漏らした。

俺自身あんな願いを聞くことになるなんて、想像すらしていなかった。マリアベルの命を救ってくれた礼でなければ、一蹴していたに違いない。

「正気か？　あの悪女と交際だなんて」

「どうせすぐに飽きるだろうし、俺にも考えがある」

俺自身、陛下の手中の家門の令嬢と婚約を勧められていたため、風除けとしてグレースを使えるのは好都合だった。

誰だって、何らかの理由から俺が彼女に付き合わされていると思うに違いない。

「陛下はセンツベリー侯爵家が嫌いだからな。俺がグレースと恋仲になったと知れば、さぞ腹を立てるだろう」

センツベリー侯爵家は、公爵家にも劣らない権力や財力を持っている上に、王家派と対立する神殿派だった。

陛下の怒りに歪む表情を想像するだけで、溜飲が下がる。

両親が亡くなってからというもの、ウィンズレット公爵家を自らの支配下に置くため、手段を選ばない陛下に対しての苛立ちや不信感は募るばかりだった。

「まさかグレース嬢はお前や公爵家に近づきたくて、命懸けでマリアベルを助けたのか？」

「分からないが、何か目的があるのは確かだろう」

何の得もないのに、彼女が自ら動くはずがない。

不自然な点が多いことから、彼女が元々犯人と繋がっており、俺達に恩を売るつもりで事件を仕組んだという可能性だって捨てきれなかった。

グレース・センツベリーなら、それくらいはやりかねない。俺も恋人という立場になってしまったことを利用し、色々と探るつもりだった。

「それにしてもグレース嬢も懲りないなあ。この間だって、別れた男が逆上して殺されかけたんだろう？」

「本当にくだらないな」

「でも、彼女は恋人としては意外と良い女なのかもしれないぞ。この国でも五本の指に入るほどの美女だしな。流石のお前も骨抜きにされたりして」

「……笑えない冗談はやめてくれないか」

彼女に対して恩義は感じているものの、好意を抱くことなど決してないだろう。

グレースが俺に飽きるまでは付き合ってやり、こちらも利用させてもらうつもりだ。

「——俺はああいう人間が、一番嫌いなんだ」

3 ギャップ大作戦

ゼイン様と恋人になってから、一週間が経つ。未だに何の連絡もないけれど、きっとまだ忙しいのだろう。

そんな中、私は悪女ムーブをしつつ魔法やマナー、このシーウェル王国について勉強しながら、どうすればゼイン様の好感度を上げられるのかを考え続けている。

「わあ、いい天気」

そして今日は朝からヤナとエヴァンと共に、魔草狩りにやってきていた。

興味があると話したところ、直接採りに行くのはどうかとヤナが誘ってくれたのだ。貧乏仲間のヤナは、よく兄妹達と食べられるものを採っていたようで、割と詳しいらしい。

色々採った後は、彼女と共に魔草クッキングをしようと思っている。

「結構大きな街なのね」

「はい。ここミリエルは発展途中なので、まだまだ大きくなっていくと思います」

魔草が生えているという森の手前の街で馬車から降りた私は、元気に大通りを走り抜けていく子ども達を見て、思わず笑顔になってしまう。

「ふふ、かわいい」

「え、本当ですか？　元々のお嬢様は子どもが大嫌いでしたよ。子どもが視界に入るだけでイライラする、うるさくて邪魔くさい、首輪を着けるべきだとか言っていましたし」

「………」

やはり元々のグレース・センツベリーという人間は、本当にどうしようもなくて最低最悪だと思いながら、森へと向かっていく。

森に着いた後はヤナの説明を受けながら、せっせと魔草を摘んでいたのだけれど、少し離れたところで数人の子どもが集まっているのが見えた。

見たことのない大きな桃色の花を食べていて、私が彼らを見ていることに気が付いたらしいエヴァンは「ああ」と呟いた。

「確かあの花って、食べられる上に割と栄養があるんですよね。腹も膨れるし、戦場で食料が尽きた時に食うよう、上司に言われたことがあるので」

「でも、どうして……」

「この辺りは貧しい家も多いですから。腹を空かせているんでしょう」

「……そう」

過去の自分と重なり、胸が締め付けられる。

やがて子ども達は街の方へ戻っていき、私はヤナに声を掛けた。

「子どもが無料でご飯を食べられるお店があったら、みんな来てくれるかしら」

「もちろん、喜んで行くと思いますよ。夢のような場所ですね」

どうやらこの世界には「子ども食堂」のようなものはないらしく、もしもあれば間違いなく喜ばれ、たくさんの人が訪れるだろうとヤナは言う。

「でも、急にどうしたんですか？　そんな話をして」

私達の会話を聞いていたエヴァンは、こてんと首を傾げる。

「私、そんなお店をやりたいの」

「それ、お嬢様に何の得があるんです？」

「そういう為にやるわけじゃないのよ」

そう答えると、エヴァンはまるで理解できないという表情を浮かべた。

――子どもの頃、幼いながらに家計の状況を察していた私は、お腹いっぱい食べるのが良くないことだと思っていて、少食のふりをしていた時期があった。

今思えば子ども一人が満腹になるまで食べようと食べまいと、どうにもならないレベルで家計は火の車だったのだけれど。

そんなある日、どうしてもお腹が空いて公園で木の実を食べていたところ、近くの食堂のおばさんが声をかけてくれ、お腹いっぱいご飯を食べさせてくれたのだ。

その後も「大きくなったら、お客さんとしてたくさん食べに来てくれればいいから」と言って、何度も無料でご飯を食べさせてくれた。

嬉しくて美味しくて、温かくて。私は一生、あの味を忘れないだろう。

それなのに結局、たくさんは食べに行けないまま死んでしまった。そんな私だけれど、今度は誰かに料理を振る舞う側になれたらいいなと思っていた。

前世の私にとっては、夢のまた夢だっただろう。けれど、今は違う。グレース・センツベリーとしての役割を終えた後なら、きっと叶えられる。

世界のためにも自分のためにも、やはりまずはゼイン様に好かれなければ。

「それと、エヴァンの名義で土地を買ってほしいの。十倍近くになるはずだから」

小説の通りなら、近々王都のとある土地の値段が一気に跳ね上がる。そこで得たお金を準備資金にすれば、店を開くことだってできるはず。

元々のグレースの持つお金で十分可能ではあるものの、やはり他人のお金という感覚が抜けないのだ。とは言え、結局土地を買う際には借りることになるのだけれど。

「もちろん、エヴァンにもお礼はさせてもらおうと思ってるわ。カジノはダメね」

「でも、面白いんですよ。一度行きませんか？」

「……一回だけなら」

そんな会話をしながら、私は魔草を摘んでは籠に入れるのを繰り返した。

二時間後、無事にたくさんの魔草を摘んだ私達は帰りの馬車に揺られていた。魔草というのは繁殖力が強く、すぐに新しいものが生えてくるらしい。なくなったらまた採りに行こうと二人が言ってくれて、嬉しくなる。

「今日は付き合ってくれてありがとう」

私は改めてお礼を言うと、少しずつオレンジ色に染まり始めた窓の外を眺めた。のどかな景色の中、カップルが楽しそうに手を繋いで歩いている。この先、私とゼイン様があんな風になるなんて全く想像がつかず、焦りが込み上げてきてしまう。

「ねえヤナ、ヤナは男性とお付き合いしたことはある？」

「はい、何度か。今の恋人とは二年付き合っています」

「えっ」

あっさりとそんな返事をされたことで、ヤナを急に遠い存在に感じてしまう。大人だ。私は縋るようにエヴァンへと視線を向けた。

「エ、エヴァンは……？」

「俺ですか？　俺はかなりモテるので、それなりに」

「ええっ……」

こちらもあっさりとそう言ってのけたことで、一人取り残されたような気持ちになる。恋愛未経験なのはどうやら私だけだったらしい。

確かにエヴァンは顔も良ければ、騎士としても名高いのだ。色々と癖は強いものの、モテないはずがない。とは言え、味方としては心強い彼らに、早速相談してみることにした。

「その、どうしたら男性に好きになってもらえるのかしら？」

するとエヴァンとヤナは驚き困惑した様子で、顔を見合わせた。

「以前のお嬢様からは考えられない悩みですね」

「ええ。私に落ちない男はいないと豪語していた、あのお嬢様が……」

「………」

それでも私が本気で悩んでいると分かってくれたようで、二人は真剣な表情を浮かべた。

「男性はギャップが好きだと言いますよね。普段とは違う一面を見ると、ドキッとしてしまうとか」

「なるほど……ギャップね」

「俺だけっていう特別感みたいなのも嬉しいですよ」

思い返せば小説でもグレースは恋人期間、傷付いたゼイン様を甘やかしていた。いつもの悪女らしい様子は一切なく、いつも彼の側にいて愛を囁いていたのだ。

実際にやっていたことは悪女そのものだけれど、ゼイン様の前では悪女らしくなくても良いのかもしれない。

普段はツンケンした悪女だというのに、自分にだけは優しい、自分の前でだけは可愛らしいというギャップ、特別感というのは確かに効果的な気がする。

「それに好意を向けられるのは、単純に嬉しいですし」

「さすが、すごくモテる男っぽいわ」

「女性は皆、すぐに俺のことを好きになりますからね。すぐに嫌いにもなりますけど」

「………………」

その後も三人で会議を続けた結果、普段は今まで通り悪女ムーブを続けつつ、ゼイン様の前でだけはギャップのある可愛らしい女性を演じ、好き好きアタックをするということに落ち着いた。冷静になると相当難易度が高く、冷や汗が流れる。

「それ、かなり難しいんじゃ……？」

「そうでしょうか？　今のお嬢様なら、公爵様の前ではありのままでいいと思いますよ」

「ですね、俺もそう思います」

「というと？」

「世間のお嬢様のイメージと、今のお嬢様ではかなりギャップがありますから。普通にしているだけでもう、ギャップは生まれるかと」

「な、なるほど……！」

確かに貧乏モブ一般人である私と元々のグレースでは、ギャップはありすぎるくらいだ。恋愛経験者の二人がそう言うのなら、きっと間違いない。

「二人ともありがとう、頑張ってみるわ」

とは言え、もちろん貴族令嬢らしくはしなければならないし、そもそも好きになってもらえるような可愛げも必要なため、大変なことに変わりはない。

けれどヒロインのシャーロットが現れるまで、まだあと一年ほどあるのだ。色々と試してみてもいいだろう。

「そうなれば早速デートですよ、デート」

「デ、デート……」

確かにまずは交流をしないと、距離は縮まらないはず。

そう思った私は帰宅後すぐにレターセットを用意してもらい、よければ一緒に出掛けたいということを綴り、公爵邸に送ってもらった。

するとすぐに驚くほど美しい文字で返事が届き、早速週末にゼイン様と街中でデートすることになってしまう。

「良かったですね、お嬢様！　そうとなれば、当日の身支度も気合を入れないと」

「ド、ドキドキしてきたわ……よろしくお願いします」

私自身にとっては、生まれて初めてのデートになる。

色々な緊張で押し潰されそうになりながら、週末まで落ち着かない日々を過ごした。

そして迎えた、デート当日。ゼイン様は時間ぴったり、午後三時に迎えにきてくれた。紺色のジャケットを着こなし、少しだけ長めの髪を片耳にかけている彼は神々しさすら感じる美しさで、直視することすら厳しい。

この絶世の美男子に好いてもらおうなんて烏滸がましいのではないかと、早速心が折れそうになる。そもそも推しとデートという状況が、非現実的すぎる。

けれど、見送りにきてくれたヤナやエヴァンがぐっとガッツポーズをしてくれているのを見た私は、ゼイン様に見つからないようぐっと拳を握ってみせた。

「こ、こんにちは、ゼイン様。お会いできて嬉しいです」

「ああ。連絡が遅くなってすまなかった」

「いえ、お忙しい中ありがとうございます」

その一方、ゼイン様は私の姿を見るなり、少しだけ驚いたような様子を見せた。そう、既に彼の気を引くためのギャップ大作戦は始まっている。

今日の私は可愛らしい、ピュアなお嬢様がテーマだ。

ゼイン様もきっと、絵に描いたような悪女を連れて歩くのは恥ずかしいと思い、淡いレモンカラーのドレスを着ている。

　グレースの柔らかな桜色の髪には、真っ赤なドレスよりもずっとよく似合っていた。いつもじゃらじゃらピカピカつけていたらしい宝石類も、ドレスに合わせたシンプルな物のみ。もちろん、彼と会う時以外はお得意の原色ドレスで過ごすつもりでいる。ゼイン様とのデートの時だけは特別、というアピールだ。

「もしかして、変でしょうか？」

「……いや、よく似合っていると思う」

「良かったです。その、少しでもゼイン様の好みに近づきたくて、慣れない服装をしたので緊張してしまって……」

　そう告げるとゼイン様は少しの間の後「そうか」とだけ呟いた。グレースに対する警戒度はやはりまだ高そうだ。

「行こうか」

「はい」

　そうして公爵家の豪華な馬車に乗り込んだところ、ドアの前でゼイン様が片手を宙に浮かせ、少し驚いた顔をしてこちらを見ていることに気が付く。

　すぐにエスコートしてくれようとしたのだと悟り、私は慌てて頭を下げた。

「あっ、ごめんなさい！」

「……いや」

デート開始数秒でいきなり失敗してしまい、今日一日大丈夫(だいじょうぶ)だろうかと不安になる。

やがてゼイン様と向かい合って座ると、金色の瞳(ひとみ)と視線が絡(から)んだ。あまりにも眩(まぶ)しく、見つめられるだけで緊張してしまい、身体(からだ)が強張(こわば)る。

「どこか行きたいところはあるだろうか」

「い、いえ、あまりよく分からなくて……」

「分からない？　君は詳しいと思っていたんだが……では劇場に向かおう」

「はい、ぜひ！　よ、よろしくお願いします！」

「ああ。席は取ってある」

きっとヤナが話していた、流行(はや)りのオペラを観に行くつもりなのだろう。女性に大人気の演目で、席を取るのも一苦労なんだとか。

あっさりと短期間でそんなチケットを用意できるなんて流石(さすが)だと思いつつ、人生初のオペラに胸が高鳴る。

もちろん楽しんでいるのは相手にも伝わるだろうし大事だけれど、本来の目的を忘れないよう、しっかりしなければ。

私は鞄(かばん)に入っている、昨晩エヴァンと徹夜(てつや)をして考えた「ゼイン様と距離を縮めるための10の目標リスト」を思い出す。

第一の目標、今日の目標は少しでも私に対する警戒心を解いてもらい、「グレース」と名前で呼んでもらうことだ。ちなみに二つ目は「手を繋ぐ」だった。

後半はとても口には出せないものばかりで、正直ボツにしたかった。

劇場へ到着し、今度こそゼイン様のエスコートを受けながら、豪華なロビーへと足を踏み入れる。ちなみに最初は手が軽く重なるだけでドキドキしてしまい、一瞬触れた後に離してしまって、怪訝な顔をされた。男性経験のなさが恨めしい。

ロビーに入った瞬間、一瞬にしてすべての視線がこちらへ集まったのが分かった。

色とりどりの華やかな装いをした貴族らしき人々は皆、驚いた様子でこちらを見ている。

「まあ、ゼイン様だわ！　なんて素敵なのかしら」

「それにしても、マリアベル様以外の女性を連れて歩くなんて珍しいのではなくて？」

やはり女性達は皆、彼を見て色めき立っているようだった。

そしてもちろん、その視線は私にも向けられる。

「隣の方はどなた？　とても美しい方だけれど」

「あのゼイン様とご一緒されるくらいだもの、とても高貴な方に違いないわ」

そんな会話が耳に届き、思わず「えっ」という声が出そうになるのを慌てて堪える。

どうやらギャップ大作戦のお蔭で、誰も私がグレースだと気が付いていないようだ。

「いやあ、すごい美人だな。公爵様が羨ましいよ」

「お前、婚約者に聞かれたら殺されるぞ。だが、あれほどの美女は憧れるよな」

男性達も私のことを褒めてくれている様子で、このままバレなければ平和に過ごせると思っていたのだけれど。

「グレース嬢、疲れてはいないか？」

「えっ？　あっ、は、はい！」

ゼイン様が眩しい笑みを浮かべ、やけに顔を近づけてはっきりと「グレース嬢」と言ったことで、場は一気に騒がしくなる。

「まさかグレース・センツベリー……？」

「まるで別人じゃないか」

まだ馬車を降りてから五分ほどしか歩いていないというのに、そんなに体力がないように見えたのだろうか。

けれど、これが紳士の気遣いなのかもしれないと思った私はお礼を言い、大丈夫だと笑顔を返す。

「嘘でしょう？　どういう心境の変化なのかしら」

「まあ、いよいよゼイン様にまで手を出したのね」

「ゼイン様も何故、グレース様なんかと……」

そんな中、先程までの羨望の眼差しは、あっという間に責めるようなものへと変わる。

大方、私が何らかのゼイン様の弱みを握っており、無理やり一緒にいると思っているのだろう。全くもってその通りだ。

「あんな女、ゼイン様には釣り合わないのに」

そうそう、私なんかよりもシャーロットこそがお似合い、ベストカップルだと思いながら、ロビーを歩いていく。

白と金で統一された壁には過去の演目の絵なんかが飾られていて、歩いて見ているだけでも楽しい。

そんな様子をゼイン様がじっと見ていたことには気づかず、私は煌びやかな世界に夢中になっていた。


やがて案内された席は二階にあるとても広い個室のような場所で、やけに大きな椅子がふたつ置かれている。

驚くほど見晴らしが良く、もちろんこういった場所に来るのは初めてだけれど、相当なお値段がする特等席だということはすぐに理解した。

「グレース嬢、こちらの席の方が見やすいそうだ」

「そうなんですね。では、ゼイン様がそちらに。私はこちらに座らせていただきます」

「……分かった。君がそうしたいのなら」

そう告げたところ、何故かゼイン様は少し困惑したような様子で、また何か間違えてしまったのだろうかと冷や汗が流れる。

もしやレディーファースト的な感じで、私がそちらに座るべきだったのだろうか。そわそわしながら、もうひとつの座席に腰を下ろす。

「え、ええと、今日の演目は恋愛がテーマなのですね」

「ああ、女性に人気だと聞いている」

「とても楽しみです、ありがとうございます」

やけに距離が遠くて会話しづらいと思ったものの、お値段の分もしっかりオペラを楽しもうと意気込んで、ステージへと視線を向ける。

やがて劇場は暗くなり、オペラが始まった。

「わあ……すごい……！」

魔法で演出された舞台は本当に美しくて幻想的で、感嘆の声が漏れる。まるでお伽噺の世界に入ったみたいで、瞬きをするのも忘れ、夢中になってしまう。

オペラの内容は異世界版シンデレラといった感じで、不遇の少女が運命の相手と出会い、恋に落ちて幸せになるという話だった。

「……っ……うっ……」

幼い頃からずっと全てを諦めてきた主人公が初めて幸せになりたいと望み、それを叶えようとする男主人公の姿には、涙が止まらなかった。

お互いを思い合う二人はとても美しくて素敵で、胸がいっぱいになる。ハンカチも大量の涙でびしょ濡れだ。

――私にもいつか、あんな恋ができるだろうか。誰かを好きになり、愛される日が来るのだろうか。

やっぱり女性としては一生に一度の恋には憧れるなあと思いながら、幕が下りてなお拍手を送り続ける。

「……グレース嬢？」

「はっ、はい！」

完全にゼイン様の存在を忘れ、オペラの世界に入り込んでいた私は名前を呼ばれ、慌てて我に返った。

ゼイン様は号泣している私を見て、やはり困惑した表情を浮かべている。

これは流石に、可愛いというギャップを超えている気がしてならない。

「す、すみません！　とても感動してしまって……素敵なオペラに誘っていただき、ありがとうございました。お化粧を直してきますわ」

間違いなく涙でぐしゃぐしゃになっている私は、慌てて席を立つ。泣きすぎたと反省したものの、涙を我慢するなんて到底無理なレベルの感動的な名作だった。不可抗力だ。

そうしてスタッフ的な人に休憩室へと案内され、なんとかお化粧を直して戻ろうとすると、廊下で「グレース様」と声を掛けられた。

「はい、どうかしました？」

「……何よ、その反応。馬鹿にしてるの？」

咄嗟のことで悪女スイッチが入っておらず、つい素の反応をしてしまう。すると振り返った先にいた黒髪を靡かせた悪女っぽい美女は、苛立った様子を見せた。

その雰囲気からは、とてもグレースの友人には見えない。

「どんな手を使ってゼイン様に取り入ったの？」

「貴女に話して何の得があるのかしら」

どうやら彼女は、ゼイン様を慕う令嬢の一人らしい。今度はなかなか悪女っぽい返しができたと思いながら、余裕の笑みを向ける。まさに悪女VS悪女という絵面だ。

すると美女は、呆れたように鼻で笑う。

「やあねえ、貴女、一緒の席にすら座ってもらえていなかったじゃない。初めて見たわよ、あんなの。惨めすぎるわ」

「えっ……？」

どうやら本来は、あの長椅子には二人で座るべきだったらしい。

　ゼイン様の困惑した様子にも、納得がいく。とんでもない勘違いをしてしまったと、私は頭を抱えた。そんなこと全く知らなかったのだ。

　好きだと言っているくせに、あんな避けるような座り方をすれば当然の反応だろう。私の態度に不信感を持ってしまったかもしれないと、不安になってくる。

「いい？　ゼイン様は、貴女が今まで遊んできたような男性方とは違――」

　どうしよう、グレースが知らなかったなんてことは絶対にありえないし、と言い訳を必死に考える。一方、目の前の美女はかなり苛立った様子で、ヒートアップしていく。

　何もかもが彼女の言う通りではあるものの、ここはグレースらしく強気で言い返そうと思っていた時だった。

「ベラ、君の美しい声が廊下に響いてしまっているよ」

「ラ、ランハート様……！」

　突如、この場に陽のオーラを身に纏った超絶イケメンが現れたのだ。光の束を集めたような金髪に、アメジストの瞳が印象的な彼は、眩しい笑みを浮かべている。

　ランハートと呼ばれた男性は華やかで派手で、なんだか軽薄な感じがする。女性の扱いにも、やけに慣れているようだった。

「ほら、行こう？　それとも俺じゃダメかな？」

「そ、そんなことありませんわ」

肩を抱き寄せられた美女はぽっと頰を赤く染め、照れた様子で急に大人しくなっている。イケメンなら誰でもいいのだろうか。

よく分からないけれど助かったと思っていると、彼は私にしか見えないよう、ウインクをして去っていく。

「……私を助けてくれたのかな」

そうして謎のイケメンに感謝しながら、私はゼイン様の元へと急いで戻った。

ゼイン様の元へと戻った後、再び彼の手を取ってエスコートされ、出口に向かって劇場内を歩いていく。

「この後はどうしたい？」

「私はゼイン様と、その、まだ一緒にいたいです」

なんとかそう告げると、カフェでお茶をしようと誘ってくれた。本当ならさっさと帰りたいはずなのに、本当に優しいなあと胸を打たれる。

二人で街中を歩いて行き、やがて着いたのは白で統一された落ち着いたお店で、店内にはいかにも上位貴族というオーラを纏う人々しかいない。

カフェにいた人々もゼイン様と私を見るなり、やはり驚いた様子だった。

「とても素敵なお店ですね」

「ああ。俺も気に入っていて、よく来るんだ」

そんな場所に私なんかを連れてきてくれるなんて意外だったけれど、嬉しくなる。

明らかに何もかもが高級な雰囲気で、私の知っているカフェとは違う。窓際の席に案内され、向かい合って腰を下ろす。

「グレース嬢？」

「あ、ごめんなさい！　その、見惚れていました」

「…………」

ゼイン様はカフェでただ座っているだけでも絵になるなあと思っているうちに、ついじっと見つめてしまっていたらしい。特に彼の蜂蜜色の瞳が、私は好きだった。

「……!?」

恥ずかしくなり誤魔化すようにメニューを手に取った瞬間、目玉が飛び出そうになった。

紅茶の銘柄については詳しくないものの、紅茶一杯だけで２０００ミアだなんて法外すぎる。カップいっぱいに金箔でも入っているのだろうか。

「決まったか？」

「……こ、この紅茶をひとつ」

「他には？」

「こちらだけで大丈夫です」

もちろんお金は多めに持ってきているし、貴族なら普通の金額なのかもしれない。

それでも、私にはまだ早すぎた。一口いくらなんだろうと考えてしまう貧乏性が憎い。

「今はこちらの季節のタルトがおすすめです」

とは言え結局、敏腕店員に勧められケーキセットを頼むことになってしまう。このお店はケーキがとても有名らしいものの、セットは５５００ミアと知り眩暈がした。

過去の私の半月分の食費だと思うと、恐ろしくなる。やはり金銭感覚というのは、簡単には変わらない。

「……！」

けれど、運ばれてきたレモンのムースタルトはびっくりするほど美味しかった。ほっぺたが落ちるというのはこういうことを言うのだと、本気で思ったくらいだ。

「あの、とても美味しいです！　ふわっとしているのに、さくっとしていて……わあ、美味しい……！」

いつも侯爵邸で食べているお菓子も美味しいけれど、ここのタルトは別格だった。私にこの感動を伝える語彙力がないのが恨めしい。

感激しながら食べている私を、ゼイン様はコーヒーを飲みながら静かに見つめていた。はしゃぎすぎてしまっただろうか。

「そんなに気に入ったのなら良かった」

「ええ、ありがとうございます」

前世ではできなかった経験をたくさんできる今、嬉しくて幸せだと改めて実感する。

「ゼイン様は、甘いものは食べないんですか？」

「いや、屋敷でもたまに作らせたりする」

「そうなんですね。私もお菓子作りが好きなので、今度作ってきてもいいでしょうか？」

するとゼイン様は「は」と、戸惑いの声を漏らした。

実は数日前こっそりとキッチンを借りて、採ってきたばかりの滋養強壮に良い魔草を使ってクッキーを作ってみたところ、とても美味しくできたのだ。

その上、食べると元気が出た気がした。やはり私は料理やお菓子作りが好きだと改めて実感し、これからも色々と作ってみるつもりでいる。

「……君が？　菓子を作るのか？」

「ええ、割と得意なんです。あっ、もちろん変なものを入れたりはしません！」

慌ててそう言ったものの、ゼイン様は訳が分からないという表情を浮かべていた。

確かに侯爵令嬢かつ悪女がお菓子作りが得意だと言っても、とても嘘くさい。メイドあたりに作らせて、自分の手作りだと言い張りそうだ。

「それにしてもオペラ、本当に素敵でしたね！　ゼイン様はよく観に行かれるんですか？」

「いや、あまり。君が楽しめたのなら何よりだ」

「はい！　特にプロポーズのシーンがすごく――……」

その後も、色々と思い出してはついつい熱く語ってしまう私に対し、ゼイン様はずっと相槌を打ってくれていた。

「そろそろ出ようか」

「はい」

そうして店員が持ってきた伝票を見た私は、口から間の抜けた声が漏れかけた。

元々高いお値段だったというのに、驚くほど高い税金がかけられており、さらに値段が跳ね上がっていたのだ。

「た、高……あっ、払います！」

動揺した私が慌てて鞄から財布を出すと、ゼイン様は形の良い眉を顰めた。

「なぜ君が出すんだ？」

「えっ……あ」

そう言われて初めて、こういったデートの時には男性の顔を立てるために、お金は支払ってもらうものなのかもしれないと気付く。

あまりにもデートに慣れていない反応ばかりしてしまい、恥ずかしくなる。

結局、ゼイン様がスマートに会計を済ませてくれ、私は丁寧にお礼を告げたのだった。

侯爵邸へと向かう帰り道の馬車の中で、私はゼイン様と向き合って座り、頭を下げた。

「とても楽しかったです。ありがとうございました」

無理に悪女でいようと気を張っていなかったことや、素晴らしいオペラや素敵なカフェ、そしてゼイン様の気遣いのお蔭で、本当に楽しい一日だった。

生まれて初めてのデートだったけれど、私自身すごくいい思い出になった。彼からの好感度が上がったかは謎ではあるものの、また一緒に出掛けられたらいいなと思う。

それでもやはり、まだ私に対しての警戒心が解かれていないことも感じていた。

「グレース嬢、君は――」

「きゃ……⁉」

まだ時間はあるし、ひとまず目標だった名前呼びは次回にしようと思っていると、ゼイン様が何かを言いかけた。それと同時に、馬車が急停車する。

「すまない、大丈夫か。子どもが飛び出したようだ」

その結果、私はバランスを崩し、ゼイン様側の椅子に思いきり倒れ込んでしまう。

「私は大丈夫です。子どもは無事でしたか？」

「子どもが無事だったこと、ゼイン様にぶつからなかったことに安堵しながら顔を上げる。

「よかった……」

「ああ、問題ない」

「グレース嬢、鞄が」

「あっ、すみません……！」

そうしてゼイン様の手を取って身体を起こすと、私と共に鞄も吹っ飛んだようで、馬車の金具に引っ掛かり大破していた。

間違いなく高価なもののなのにやってしまった、帰って縫えば直るだろうかと半泣きになりながら、散らばった鞄の中身を拾っていく。

そんな中、化粧品やハンカチなど、ゼイン様も拾うのを手伝ってくれていたのだけれど。

「我が家の馬車で起きたことだ、代わりの品、を……」

そこまで言いかけて、彼はぴたりと止まる。

何かあったのだろうかと拾う手を止め、ゼイン様の方へと視線を向けた私は息を呑んだ。

「あ、えっ……み、見ましたか……!?」

そう、彼の視線の先には例の「ゼイン様と距離を縮めるための10の目標リスト」が落ちていたのだ。一気に血の気が引き、慌てて拾い上げる。

やがて戸惑ったようなゼイン様が「少し」と答えたことで、私は深く絶望した。最低すぎる。とんだ変態だと思われたかもしれない。

私は部屋に置いていくと言ったのに、エヴァンがお守り代わりだとかなんとか言って無理やり入れたからだと、泣きたくなる。

紙を握りしめ、顔を上げられずにいると不意に目の前の景色がブレて、視界が美しい金色でいっぱいになった。

「――君は俺と、こういうことをしたいのか？」

気が付けば私は壁に押し付けられており、ゼイン様の顔がすぐ側にあった。鼻先が触れ合いそうな至近距離に、心臓が大きく跳ねる。

大きな手のひらで頰に触れられ、さらに顔が熱くなっていく。ゼイン様からは恐ろしく良い香りがして、あまりにも全てが綺麗で、くらくらとしてくる。

彼はきっと、リストの最後まで見てしまったのだ。

「……っう……ご、ごめん、なさ……」

その結果、消えてなくなりたくなるような恥ずかしさと、経験したことのない男性との距離感に限界を超えた私はパニックになり、泣き出してしまう。

ひどく驚いたように、ゼイン様の目が見開かれる。

何もかもが私のせいな上に、今日はとても良くしてもらったというのに情けなくて、申し訳なくて、余計に涙が止まらなかった。

自身の運のなさと、男性経験のなさを恨まずにはいられない。

「……っ」

やがて耐えきれなくなった私は再びお礼を言うと、ちょうど停まった馬車を降り、屋敷へと逃げ帰ってしまった。

「なあゼイン、グレース嬢とのデートはどうだった？」

「誰に聞いたんだ」

「おいおい、誰も何も、お前と彼女が劇場やカフェでデートしてたって話、今じゃ社交界で一番の話題だぞ」

グレースと出掛けた二日後、公爵邸へやって来たボリスはやけに楽しげな様子でそう言ってのけた。

マリアベルの件と同様、噂が広がる早さには驚かされる。貴族というのは本当に暇人ばかりらしい。

とは言え、今回に関してはグレースとの関係を陛下の耳にも入れようと、あえて人の多い劇場へ行き、彼女の名前を呼び、親しげに接したのだ。

俺とグレースの組み合わせは誰もが想像していなかったようで、ボリス曰く今年一番のゴシップだという。

「で？　感想は？」

「……女性不信になりそうだった」

「ははっ、どんなデートだよ」

声を立てて笑うと、ボリスは「早速聞きに来て正解だった」なんて言い、ティーカップに口をつけた。

「グレース嬢、普段と雰囲気が違ったらしいな。男連中の間ではかなり評判良かったぞ」

「雰囲気だけじゃない。何もかもが別人だった」

先日の彼女は、俺が——誰もが知るグレース・センツベリーとはまるで別人だった。

何もかもが演技なら、国一番の女優になれるだろうと本気で思った。

「へえ、そんなにも様子が違ったのか。男を落とすテクニックなのかねえ。それで？」

「……泣かせた」

「は？」

「だから、泣かせてしまったんだ」

帰り道、馬車が急停車し身体を思い切りぶつけても、彼女は文句ひとつ言わなかった。

その上、一番に飛び出してきた子どもの心配をしたことで、本当に彼女はグレース・センツベリーなのかという疑問を抱いてしまったくらいだ。

咄嗟の反応ですら、演技し続けられるものなのだろうかと思っていた時だった。

グレースの鞄の中身が散らばり、妙な紙があるのを見つけたのだ。そこには「ゼイン様と距離を縮めるための10の目標リスト」と書かれていた。

女性の字で書かれた「名前で呼んでもらう」や「手を繋ぐ」から始まり、後半は「キスをしてもらう」「押し倒される」などと明らかに男性の字で綴られている。

遊ばれているのだと、すぐに気が付いた。あのグレースがこんなことを本気でする訳がないのだから。

結局彼女はこういう人間で、周りと賭けなり何なりをして、俺で遊んでいるに違いない。だからこそグレースの望み通りにしてやり、くだらない演技などやめればいいと、試すようなことをしたのだ。

すると長い睫毛に縁取られた大きな空色の瞳からは、はらはらと大粒の雫が溢れ出した。

全く予想していなかった反応に、流石の俺も驚きを隠せなくなる。まるで初心な少女のような姿に、罪悪感が込み上げてくるのが分かった。

——男遊びを繰り返しているグレースにとって、あれくらいは間違いなく大したことではない。そう分かっているはずなのに、あの泣き顔が頭から離れず、ずっと罪の意識のようなものが付き纏っていた。

「それ、本当にグレース・センツベリーか？　誰かと間違えているとしか思えないな」

「……彼女が何をしたいのか、まるで理解できない」

「あ、本気でお前に好きになってもらいたいとか」

「馬鹿なことを言わないでくれ」

それでも許可を取らずに触れたことに対し、やはり謝るべきかと頭を悩ませていると、マリアベルが広間のドアから顔を覗かせた。

「まあ、ボリス様も来ていたのですね！」

「久しぶり。今日も君は天使のように可愛いね」

「ふふっ、お上手ですこと」

楽しげに俺の隣へやってきたマリアベルの手には、桃色の封筒がある。やがて彼女はどこか落ち着かない様子で、俺を上目遣いで見上げた。

「あの、お兄様。実はお願いがあるんです」

「どうした？」

「グレースお姉様を、お茶会にご招待したいのです。お手紙を書いたので、お送りしても良いですか？」

その瞬間、視界の端でボリスが咳き込む。

マリアベルはやはり、あの日からグレースを慕っているらしい。両親を亡くしてからというもの、俺やボリス以外の人間に歩み寄ろうとするのは初めてだった。

俺としては、得体の知れないグレースにマリアベルを近づけたくはない。

「実は緊張してしまって、何度も書き直したんです。読んでいただけるといいなあ」

それでも屈託のない笑みを向けられてしまい、断ることなどできなかった。

当日も俺が側で監視していれば、問題はないだろう。

「なあマリアベル。その日、俺も参加していいか？」

「はい、もちろんです！　お兄様とグレースお姉様、ボリス様とお茶会なんて素敵だわ。気合を入れて準備をしなくちゃ！」

間違いなく面白がっているボリスと、嬉しそうにはしゃぐマリアベルを他所に、気は重くなっていく。

とは言え、あんなことがあった後なのだ。てっきり断られると思っていたものの、翌日には「喜んで行く」という返事が届いてしまう。

「……本当に、何がしたいんだ」

結局、あの泣き顔が頭から離れることはないまま。

間違いだらけ探し

大失敗に終わったゼイン様とのデートから二日が経ち、私は絶望の最中にいた。

「ようやく始まったと思ったのに、即終わった……」

キノコでも生えそうなくらいにじめじめとした空気を纏いながら、今もベッドに倒れ込んでいる。帰り道までは楽しかったのに、終わりが悪すぎて全て悪しになってしまった。

「元気出してください、大成功ですよ」

「えっ？」

「偶然公爵様が見ないかな、と思って鞄に入れたんです」

「もしかして本当は私のこと恨んでるの？」

あっさりとそんな恐ろしいことを言ってのけたエヴァンは、「まさか」と言って笑みを浮かべた。

「自分と親しくなりたくてあんなリストを作ってくるなんて、健気で可愛い令嬢って感じじゃないですか」

「情緒が不安定な変態の間違いでは？」

前半の抱きしめてもらう、までならまだ良い。後半のキスだとか押し倒されるだとかは、流石に引かれたはず。はしたない女性など、絶対に彼の好みではない。

その上、私の願いを叶えてくれようとした――らしいのに泣いて逃げてしまうなんて、最低すぎる。

「とにかく今頃、公爵様の頭の中はお嬢様でいっぱいだと思いますよ。大丈夫です」

「………」

男性について詳しくないものの、エヴァンの感覚は普通の男性と違う気がしてならない。

「少し近づかれただけなんでしょう？　それで照れて泣いてしまうなんて、最大のギャップですよ」

「確かに純粋な感じが出せて、過去のお嬢様との違いは見せられたかと」

「それに男ってのは、女性の涙に弱いですからね」

けれどヤナもエヴァンに同意しており、私が気にしすぎなのかもしれないと、少しずつ元気が出てくる。

「お嬢様、ウィンズレット公爵邸からお手紙です」

「えっ？」

そんな中、手紙が届いたことを知らされ、ゼイン様からだろうかと跳ねるように顔を上げる。そうして渡されたのは、可愛らしい桃色の封筒だった。

「あ、マリアベルからだわ」

そこには可愛らしい字で、改めて先日助けたことに対するお礼と、公爵邸でマリアベルとゼイン様と三人でお茶会をしないかと綴られている。

「……本当に、引いてないのかしら」

私に嫌気が差していたら、公爵邸に招いたりはしないはず。

「よし」

ここで挽回しようと思った私は「喜んで行く」という返事をすぐに書き、先日の言い訳や謝罪の言葉、持って行く手作りのお菓子の準備を始めた。

そして、あっという間に迎えたお茶会当日。

お城のような公爵邸の前に到着し、馬車から降りるとすぐに「グレースお姉様！」という声が耳に届いた。

「お会いできて嬉しいです！　ありがとうございます」

「こちらこそ、お招きいただきありがとう」

天使のようなマリアベルが出迎えてくれ、その隣には一週間ぶりのゼイン様の姿もある。

つい先日のことを思い出し、顔に熱が集まっていくのを感じたけれど、落ち着けと必死に自分に言い聞かせた。

「ゼイン様、先日はありがとうございました」

「ああ」

そうして全力の笑みを向けたものの、今日も顔が良すぎて直視するのが辛くなる。それからはマリアベルに手を引かれ、二人と共に敷地内を歩いて行く。

「わあ……！　とても素敵ですね」

「ふふ、ありがとうございます。自慢の庭なんです」

広大な庭園では色とりどりの花々が咲き誇り、庭木も美しく刈り揃えられている。思わず溜め息が漏れてしまうくらいに綺麗で、眺めているだけで胸が弾む。

何より小説の中では既に亡くなっていて、私とは出会うことのなかったマリアベルと、こうして一緒に過ごせることが嬉しかった。

その結果イレギュラーなことが起きたとしても、しっかり対処していきたい。

庭園のガゼボに案内され、準備をしてくるというマリアベルがその場を離れたことで、ゼイン様と二人きりになる。私はすぐに彼に向き直ると、小さく頭を下げた。

「先日は失礼な態度をとってしまい、ごめんなさい」

「いや、俺こそ勝手なことをしてすまなかった」

きっと優しいゼイン様は、私が泣き出したことを気にしてくれていたのだろう。余計に申し訳なくなる。

「その、本気で誰かを好きになったのは初めてなんです。ゼイン様に触れていただいたのが恥ずかしくて……」

「……そうか」

早速ヤナが考えてくれた言い訳を使ったけれど、改めて口に出してみても天才すぎる。これならきっと、誰だって仕方ないと思うに違いない。

ゼイン様も切れ長の瞳を少し見開いた後、納得してくれたのか小さく頷いてくれた。

あのリストの後半についても相談相手のエヴァンが勝手に書いたものだと説明したことで、なんとか誤解を解くことができ、ほっとする。

「やあ、グレース嬢。初めまして。突然の参加、失礼するよ」

そんな声に振り向けば、栗色の長髪をひとつに結んだ長身の男性が立っており、彼がボリス様だと気付く。

小説でもゼイン様の相談相手として、ボリス・クラムはほんの少しだけ出てくるのだ。

「初めまして。グレース・センツベリーと申します。よろしくお願いいたしますね」

笑顔を向けたところ、ボリス様はこちらこそ、と爽やかな笑みを返してくれた。クールなゼイン様とは対照的で、明るく陽気な雰囲気を纏っている。

基本ゼイン様以外には塩対応ならぬ悪女対応の予定だけれど、彼の友人に対しては愛想良くするつもりだ。

ちなみに今日の私は春らしいミントグリーンのドレスを着ており、髪は同じ色のリボンでゆるく編み込み、まとめてもらっている。

鏡に映る自分にしばらく見惚れてしまったくらい、本当に可愛かった。

「いやあ、グレース嬢のことはもちろん知っていたけれど、本当に雰囲気が変わったね。とても綺麗だ」

「ありがとうございます」

「それもゼインのためなんだって？　羨ましいなあ」

「余計なことを言うな」

もしかすると、ゼイン様が私の話をしてくれたのだろうか。

悪い話ではないことを祈りながら、相槌を打つ。

「皆様、お待たせいたしました」

やがてマリアベルも戻ってきて、お茶会が始まった。テーブルの上に所狭しと並べられたキラキラ輝く可愛らしいお菓子達は、見ているだけで楽しい。

けれどマリアベルはお茶を飲むのみで、お菓子やケーキには一切手をつけずにいる。

もしかすると甘いものが嫌いなのかもしれないと、作ってきたお菓子を出すタイミングを失ってしまう。

そんな中、向かいに座るボリス様は笑顔のまま、まっすぐに私を見つめ口を開いた。

「ねえ、早速だけどゼインのどこが好きなの？」

「……ボリス」

「私も気になります！　ぜひお聞きしたいです！」

窘めるようにゼイン様が名前を呼んだけれど、ボリス様に気にする様子はない。きっとボリス様も親友が無理やり悪女の恋人にされたと知り、心配なのだろう。

一方、マリアベルは恋愛話に興味のある年頃なのかキラキラと金色の瞳を輝かせ、両手をぎゅっと組んでいた。

「グレース嬢、気にしないでくれ」

「いえ、ぜひお話しさせてください！」

私はゼイン様が素晴らしい人であることも、自分と釣り合わないことも理解している。

そんな彼に対し、害を与える存在ではないとアピールするチャンスだ。

そう思い、テーブルの下で両手をきつく握りしめる。

――小説を何度も読み返したくらい、私はゼイン様やシャーロットが大好きだし、二人の良いところや頑張りをたくさん知っているのだから。

「やっぱり、ゼイン様の優しいところが一番好きです。誰よりも周りをよく見ていて気遣われていますし、実は努力家なところも尊敬しています。何に対しても誠実なところも好きです。ゼイン様はご家族や友人、そしてお仕事に関しても――……」

自分でも驚くほどすらすらと出てきて、止まらなくなる。何もかもが私の正直な気持ちで、やはりこんなにも素敵な彼には幸せになってほしいと思ってしまう。

そして気が付けば語りすぎていたようで、はっと顔を上げると、何故か涙するマリアベルの姿があった。

「あ、あら……？」

ボリス様も信じられないという表情を浮かべていて、流石に重かったかもしれないと、不安になりながら恐る恐るゼイン様へと視線を向ける。

「……ゼイン様？」

私の左隣に座るゼイン様は片手で口元を覆っていて、その隙間から見える顔は、ほんのりと赤かった。

「グレースお姉様……こんなにもお兄様のことを想ってくださっていたのですね……！」

「えっ？」

「そんなにゼインを見ていたんだな、驚いたよ。幼馴染みの俺より詳しいんじゃないか？」

感激したようにハンカチで涙を拭うマリアベルと、感心したように私を見つめるボリス様には、どうやら私の熱い想いが伝わったようで安堵する。

これからもゼイン様のため、そして世界と私の命のために頑張っていくという気持ちを込めて、笑顔を向けた。

そんな中、ゼイン様はこちらを見ようとはしない。ボリス様はくすりと笑い、ゼイン様の肩を叩く。

「おい、ゼインも照れてないで何か言えよ」

「……うるさい」

否定しないということは、まさか本当に照れているのだろうか。私が今言ったことは全て事実なのだから、照れる必要などないというのに。

「ゼインは表面ばかりを見られることが多いから、こんな風に褒められて嬉しいんだろう」

「お前は少し黙ってくれ」

なるほど、いずれシャーロットがゼイン様の全てを理解し、愛してくれるから大丈夫！と心の中で親指を立てる。

その後、ゼイン様の口数は少なかったものの、四人で楽しくお茶をしていると、やがて庭園の話になり、マリアベルが早速案内してくれることになった。

「では、お姉様をご案内してきますね」

「ああ」

「いってらっしゃい。男二人でのんびりしてるよ」

そうしてマリアベルに再び手を引かれ、ガゼボを出て美しい庭園を歩いていく。

「本当にたくさんの種類があるのね」

「はい。こちらのラナンキュラスは――……」

少し離れたところには、二人のメイドの姿がある。私の視線に気付いたらしいマリアベルは、彼女達が護衛と侍女を兼ねていると教えてくれた。

「……お兄様は、とても心配性なんです」

詳しい描写はなかったものの、ウィンズレット公爵夫妻が事故で亡くなった後、二人を利用しようとする欲深い人間が多かった、という話があった記憶がある。

こんなにもマリアベルは可愛いし、先日の誘拐事件もあった以上、過保護になる気持ちも分かってしまう。

私自身、ゼイン様に近づきたいという下心とは関係なく、もっとマリアベルと仲良くなれたらいいなと思っていた。

「マリアベルは、甘いものとかあまり好きじゃないの？」

何気なくそう尋ねると、マリアベルはぴたりと足を止め、困ったように微笑んだ。

「……実は、食べられないんです。誰かが作ったものを」

「えっ？」

「両親が亡くなった後、公爵家を乗っ取ろうとした親戚によって、料理に毒を盛られたことがあったんです。あれから、料理を食べるのが怖くなってしまって」

「そんな……」

毒はゼイン様を狙ったものだったけれど、偶然マリアベルが口にしてしまったらしい。

一命は取り留めたものの、今すぐに殺してほしいと懇願したほど、苦しみ続けたという。

「もちろん今はお兄様の指示のもと、徹底的に管理されていて安全なことも分かっていますし、使用人達のことも信頼しています」

「……ええ」

「それでも、頭では理解しているのにいざ料理を前にすると怖くて仕方ないんです。このままではいけないと、分かっているのに」

マリアベルはそう言って、長い睫毛を伏せた。

今の食事は生野菜と果物と、幼い頃から食べている店のパンだけだという。まだ十四歳の彼女がそんな食生活を送っていては、いつか絶対に身体を壊してしまう。

小説には書かれていなかった初めて知る話に、泣きたくなるくらい胸が痛む。どうしてマリアベルばかりが辛い思いをしなければいけないのだろう。

ゼイン様もきっと、このままでは良くないと分かっているはず。それでも自分の代わりに毒を口にしたマリアベルに、無理をさせられないのかもしれない。

「ごめんなさい、暗いお話をしてしまって」

「……いいえ、話してくれてありがとう」

繋がれた小さな手のひらを、ぎゅっと握りしめた。マリアベルのために何か私にできること、私にしかできないことはないだろうかと、必死に考える。

そして少しの後、私は顔を上げた。

「ねえ、マリアベル。もし良かったら、私と一緒に料理をしてみない？」

「……料理を、ですか？」

「ええ。侍女の二人や公爵邸のシェフにも見守ってもらって、一分に一回は私が目の前で味見をするわ。そうしたら絶対に安全でしょう？」

私がサポートをしつつ、マリアベルが自分ひとりで作ったものなら、きっと気持ちも少しは変わるはず。公爵令嬢である彼女に、こんな提案をする人間などいなかっただろう。

やがて、マリアベルの大きな黄金色の瞳が揺れた。

「で、でも、料理をしたことなんてないですし……」

「こう見えて私、得意なの。任せて」

そう言って笑顔を向ければ、マリアベルは戸惑うような表情を浮かべた後、俯いた。

もしかすると、余計なお世話だったかもしれない。

「もちろん面倒だったり嫌だったりしたら、断ってくれていいから」

「そんなことありません！　グレースお姉様がお誘いしてくださって、とても嬉しいんです……！」

　ぐっと唇を噛むと、マリアベルは「でも」と続ける。

「それでも駄目だった時が、申し訳なくて……」

「そんなこと気にしなくていいの。ただ料理をしてみるだけで、無理に食べる必要なんてないんだから。それにね、料理って意外と楽しいのよ」

　なんて優しい子なのだろうと、胸が締め付けられる。

　そんなマリアベルに、温かい料理を食べてもらいたいと強く思った。

「私もたくさん食べるし、ゼイン様だって喜んで食べてくれると思うわ。ボリス様も」

「……っ」

「それに実は私、ゼイン様に手料理を振る舞って良いところを見せて、好きになってもらいたいと思っているの。協力してもらってもいいかしら？」

　悪戯っぽくそうお願いをすると、マリアベルはこくこくと頷いてくれて、思わず笑みがこぼれる。

「良かった、ありがとう。マリアベルは何が好き？」

「お母様が作ってくれた、トマトのスープです」

「じゃあまずはスープを作りましょうか」

「は、はいっ……！」

可愛らしい笑顔に、心が温かくなる。

お昼も近いことから、私達は早速厨房へと向かうことになった。

そうしてマリアベルと料理を始めてから二時間後、私は緊張しながら食堂にて三人とテーブルを囲んでいた。

テーブルの上にはマリアベルが作ったスープと、公爵夫人のレシピを見ながら私が作った料理が並んでいる。

初めて聞く料理名や扱ったことのない超高級食材に戸惑いながらも、なんとか形にはなった、けれど。冷静になるとゼイン様やボリス様は上位貴族であり、プロの料理のみを食べて生きてきたのだ。異世界の貧乏人が作ったものなど、口に合う方が奇跡なのではと今更になって焦り始めてしまう。

「えっ、すごいね。これ全部二人が作ったんだ？」

「いいえ、私なんて何も……ほとんどグレースお姉様が作られたんですよ。まるで魔法のようでした……！」

「マリアベルだって初めてとは思えないくらい手際が良くて、びっくりしちゃったわ」

作っている最中も、体調に問題はなかったようで安心する。私やボリス様に褒められたマリアベルは照れたように微笑んでおり、その可愛さに心が浄化されていく。

「……すごいな」

ゼイン様もまたテーブルに並ぶ料理を見つめながら、そう呟いていた。食事を始めたところ、二人とも「美味しい」と言ってくれて、ほっとする。

やはり誰かに料理を作って、美味しいと言ってもらえるのは何よりも嬉しいと実感した。

「気分が悪くなったりはしてない？」

「はい、大丈夫です。ありがとうございます」

「良かった」

一方、マリアベルは少しだけ緊張したような表情を浮かべていたけれど、震える手でスプーンを手に取った。

それから数分、彼女はじっと皿を見つめ、動かないまま。あまり見つめてはプレッシャーになるだろうと、私も食事をする手を動かす。

側で指示はしたものの、マリアベルが一人で作ったスープはやはり初めてとは思えないくらいに美味しい。

向かいに座るゼイン様もまたスープの乗ったスプーンを口へ運ぶと、口元を綻ばせた。

「美味しいな。母様のと同じ味だ」

「……っ」

その言葉にマリアベルの表情が、泣きそうなものへと変わる。やがて何かを決意したような様子を見せた彼女は、ほんの少しだけスープを掬い、口元へ運んでいく。

それからまた数秒ほど躊躇う様子を見せたけれど、スプーンを口に含み、こくりと喉が動いた。

「……あたたかくて、おい、しい、です」

今にも消え入りそうな声でそう呟いたマリアベルの瞳からは、ぽたぽたと涙がこぼれ落ちていく。

ゼイン様は目を伏せると「そうか」「ありがとう」と呟き、彼女の背中をそっと撫でた。

「本当に、よかった……」

その様子を見ていた私も、視界がぼやけてしまう。

きっと今だって、怖くて仕方なかったに違いない。そんなマリアベルの姿に胸を打たれた私は、目尻に溜まった涙を指先で拭い、笑みを浮かべた。

「今度は違うものを作ってみましょうね。マリアベル、とても上手だったもの。何でも作れるようになるわ」

「はい……！　ありがとう、ございます……」

涙を流しながら微笑む彼女のこの先の人生が、どうかたくさんの嬉しいこと、楽しいことでいっぱいになりますようにと、祈らずにはいられなかった。

昼食を終えた後は四人で広間で話をしていたけれど、いつしかマリアベルはソファに座ったまま、眠ってしまった。

「はしゃいで疲れたんだろう。昨晩も君に会えるのが楽しみで、なかなか寝付けなかったと言っていた」

「そうなんですね。本当に可愛いです」

あれから三口ほどスープを食べてくれたマリアベルは、本当に頑張ってくれた。可愛らしい寝顔に、口元が緩む。

ゼイン様とボリス様も完食し、美味しかったとお礼を言ってもらえた私は、幸せな気持ちでいっぱいだった。ゼイン様と話をすることにも、少しずつ慣れてきた気がする。

本日の主役であるマリアベルが眠ってしまったことだし、あまり長居するのも、と思った私は帰ることにした。

「では、私はそろそろ失礼しますね」

「ああ。門まで送る」

「またね、グレース嬢。ゼインをよろしく」

「ええ、また」

ひらひらと手を振るボリス様に見送られ、ゼイン様と共に迎えが来ているであろう正門へと歩いていく。

隣を歩くゼイン様は先日のデートの時よりも、私の歩幅に合わせてくれている気がした。

「実は君のことを少し誤解していたんだ。――だが、実際は違った。君にはこうして救われてばかりだというのに、よくない噂を鵜呑みにしていた自分を恥じたよ」

私はすぐに首を左右に振り、否定する。

「過去の私は誤解されて当然のことをしてきましたから。それでもゼイン様をずっと遠くから見ていたこと、ゼイン様に幸せになってほしいという気持ちに嘘偽りはありません」

グレースが好き放題やってきたことは事実だし、悪く思うのは当然だ。それでも、関わっているうちに少しでも私を良く思ってくれたのなら、それはとても嬉しいことだった。

ゼイン様はほんの一瞬だけ目を見開き、やがて「ありがとう」と呟くと目を伏せた。

「……マリアベルのことも俺に何かを言う権利などない気がして、ずっと何もできずにいたんだ。料理を食べてくれたのを見た時、久しぶりに呼吸をしたような気さえした」

彼らしくない掠れた弱々しい声に、胸が締め付けられる。やはりずっと、罪悪感に苛まれていたのだろう。ゼイン様が悪いわけではないというのに。

力になりたいと思った私は無意識のうちにゼイン様の手を取り、きつく握っていた。

「絶対に、絶対に大丈夫です。マリアベルもまた一緒に料理をして、食事したいと言ってくれましたし」

「ああ。ありがとう」

「私で良ければ、またお邪魔させてください」

困ったように微笑むと、ゼイン様は再びお礼を言ってくれる。

そのまま歩き続けていた私は、つい握ってしまった手に気が付き、顔が熱くなる。そっと離そうと思ったけれど、何故かしっかりと握り返されていて、それは敵わない。

エスコートされている時とは全く違い、男性と手を繫いで歩くなんて生まれて初めてで、心臓が早鐘を打っていく。

あっという間に門へと辿り着き、手を離された私は鞄から小さな包みを取り出した。

「あ、あの、ゼイン様。良かったら」

「これは？」

「作ってきたお菓子です。マリアベルが気を遣ってしまうかなと思って、ずっと渡せずにいたんですが……シルケ草が入っているので、食べると元気が出ると思います」

ゼイン様は少しだけ驚いていたものの、やがてお礼の言葉と共に受け取ってくれる。

そして少し何かを考え込むような様子を見せた後、ゼイン様は再び口を開いた。

「改めて礼をしたいんだが、何が良いだろうか」

「いえ、私はこうして恋人になっていただいただけで十分ですから、お気になさらないでください」

「それだけでは明らかに釣り合わないだろう」

「そんなことありません」

気持ちは嬉しいものの、恩を売りたくてしたわけではない。だからこそ、すぐに強く否定したのだけれど。

「……分かった。では君の恋人として、俺にできる限りのことをさせてほしい」

「えっ？　あ、ありがとうございます」

ゼイン様は真面目な表情のまま、そう言ってのけた。

恋人としてできる限りのこと、の内容はよく分からなかったけれど、やはり義理堅い人なのだろう。

とは言え、あまり気負わないでほしいと思いながら、改めてお礼を言って馬車に乗り込もうとした時だった。

「グレース」

背中越しに名前を呼ばれ振り返ると、柔らかく細められた蜂蜜色の瞳と視線が絡む。

初めて見る表情に思わずどきりとしてしまった私は、数秒の後、ふと違和感に気が付く。

「またな。すぐに連絡する」

もしかすると、こういうのも全て「恋人としてできる限りのこと」なのだろうか。

そんなことを考えながら、私は落ち着かない気持ちのまま帰路についた。

公爵邸を訪れた数日後、私はゼイン様から早速届いた手紙を読み返しながら、なんとか軌道修正できたことを実感していた。

次は私の行きたい場所に一緒に出掛けよう、またいつでも公爵邸に来てほしいといったことが綴られている。

これから一週間半ほど仕事のため、領地で過ごすといった予定も丁寧に書かれていた。

「こ、恋人っぽい……」

きっと真面目で責任感の強いゼイン様は、マリアベルを救った私へのお礼として、恋人らしく振る舞おうとしてくれているのだろう。

とは言え、こちらとしては彼に好きになってもらいたいというのに、義務感から恋人を演じていただく状況というのは、果たして正しいのだろうか。

「公爵様もやはり、お嬢様の素敵さに気付かれたんでしょうね」

「ううん、ヤナの天才的なアドバイスのお蔭だわ。いつも本当にありがとう！」

まだ時間はあるし、一緒に過ごす機会が増えるのだとポジティブに捉えることにした。

ひとまず「とても嬉しい」「帰ってきたらすぐに会いたい」という返事を書き、ヤナに送るようお願いする。


「あ、お嬢様。土地、買ってきましたよ」

「エヴァン、ありがとう！　絶対にお礼はするから」

そんな中、私の部屋を訪れたエヴァンは、ちょっとしたお使いのノリでそう言うと、ひらひらと証明書を見せてくれた。

そう、以前話した通りにエヴァンの名義で、今後地価が上昇する予定の土地を買ってもらったのだ。


「……よしよし、数ヶ月以内には跳ね上がるはず」

ゼイン様との交流も深めつつ、自分の将来に向けた準備もしていかなければ。

やはり悪女として定評のあるグレースとして、この国の社交界で生きていくのは大変そうだし、のんびりお店を経営しながら平和に暮らしたい。

まずは土地の値段が上がるまでの間に、店を開く場所も探し、決める必要がある。今のところは、先日魔草狩りで訪れたミリエルが第一候補だ。

王都から少し離れた、侯爵領からも近い場所で土地も安く、色々と都合が良い。

「この後、お店を開く場所の土地もエヴァンの名義でお願いしたいんだけれど……色々ごめんなさいね」

「気にしないでください。今回もついでに自分の分も買ってみましたし、お嬢様には感謝しているので。でも、どうしてご自分のお名前で購入（こうにゅう）されないんですか？」

「私（グレース）のお店ってバレたくないの。悪女が子どもに無料で食事を振る舞うなんて、みんな何か裏があるんじゃないかと警戒（けいかい）するに決まってるわ」

「確かに。子どもを集めて売り飛ばしそうですよね」

かなり納得してくれたらしい遠慮（えんりょ）のないエヴァンは、今後も協力してくれると言ってくれてほっとする。彼にはそのうち、一度きちんとお礼をしたい。

「……それにしても、やることも多いし難しいわ。誰かサポートしてくれる人がいたらいいのだけれど」

子どもとは別に、普通に食堂としてお客さんを入れたいと思っている。だからこそ勉強を始めているものの、経営についてはド素人（しろうと）なのだ。

「それなら、侯爵様に相談してみてはいかがでしょう？　お嬢様のお願いでしたら、何でも聞いてくれそうですし」

「確かにそれが一番良いかもしれないわね」

こんなお店をやりたい、周りには内緒（ないしょ）にしたいと話せば、あのお父様なら全力でアシストしてくれそうだ。夕食の時にでも早速、相談してみようと思う。

「お嬢様、招待状がたくさん届いていますよ」

そんな中、手紙を出してきてくれたヤナが、どっさりと招待状を抱えて戻ってきた。

中身を見ていくと、夜会やガーデンパーティー、舞踏会など様々だ。

春の現在は社交シーズンが始まったばかりらしく、これからどんどんこういった招待状が届くようになるんだとか。

ド派手で目立ちたがり屋のグレースは社交の場に出るのが好きで、自ら集まりを開くことも少なくなかったという。

気は重いもののグレースになりきる以上、たまには顔を出して悪女ムーブしておく必要があるだろう。そう思った私は、ひとまず何か参加しようと決める。

そう話せば、エヴァンがひとつの封筒を指差した。

「それなら、ガードナー侯爵家主催の夜会なんて良いんじゃないですか？　プリシラ様もとても良い方なので」

「私と仲が良かったの？」

「いえ、大変おっとりした方なので、お嬢様の暴言もポジティブに解釈されていて『グレースとは仲良しさんなの！』と仰っていました」

「な、なるほど……」

それなら少しは気が楽だと思いながら、招待状に目を通していく。二週間後のようで、準備も余裕そうだ。

「それにしても、エヴァンって色々詳しいわよね」

「まあ、俺も元々貴族ですから。お嬢様と社交の場に出ることもありましたし」

「えっ？」

彼が元貴族だということについて尋ねてみたものの「ナイショです」と口元に人差し指をあて、誤魔化されてしまった。顔が良いせいで絵になりすぎている。

誰にでも話したくないことはあるだろうと、それ以上は触れないでおく。

「あ、でもランハート様には気を付けてくださいね。全盛期のお嬢様くらい、異性関係が奔放な方なので」

「ランハート様？」

「プリシラ様のお兄様で、次期ガードナー侯爵です」

「そう。ランハート……ランハート……？」

なんだか、聞いたことがある名前な気がしてならない。

一体どこでだろう、としばらく考えたものの結局思い出せず、ひとまず参加するという返事を送っておいた。

「気安く話しかけないで、目障りだわ」

「も、申し訳ありません……！」

パチンと音を立てて扇子を閉じ、冷ややかな視線を向けてそう告げれば、声を掛けてきた男性は慌てたようにその場を去っていく。

「……はあ」

ガードナー侯爵家主催の夜会へとやって来た私は、ずっと唇を引き結び、真顔でいることに早速疲れていた。

ちなみに今日は深い紫のドレスを着て濃い化粧を施し、悪女スタイルで臨んでいる。

過去にグレースと親しくしていたらしい男性から話しかけられたり、グレースの取り巻きらしい令嬢達に媚を売られたりと常に忙しい。

初めての社交の場はやはり落ち着かず、一人だということもあって常に不安も付き纏う。

とりあえず、少し端で休もうかと思っていたのだけれど。

「グレース様、来てくださったんですね！」

そんな中、声をかけて来たのは、美しい金髪が眩しい同い年くらいの令嬢だった。その特徴や様子から、彼女がプリシラ様なのだと気付く。

可愛らしいおっとりとした雰囲気を纏った彼女は、嬉しそうに私の手を取り、ふわりと微笑んだ。

「お兄様もグレース様がいらっしゃると知って、楽しみにされていたんですよ」

「……そうなんですか？」

「ええ。今はあちらにいらっしゃるわ。良かったら、お話ししてあげてくださいね」

プリシラ様の視線を辿った先にいた男性を見た私の口からは、「あ」という声が漏れる。

彼女と同じ金髪とアメジストのような瞳には、見覚えがあったからだ。先日のゼイン様との劇場デートの際、文句を言ってきた女性から助けてくれた男性で間違いない。

エヴァンの『全盛期のお嬢様くらい、異性関係が奔放な方なので』という言葉にも、なんとなく納得してしまう。

「それでは私はまだ挨拶回りがあるので、またあとでゆっくりお話ししましょうね」

「ええ」

プリシラ様と別れた後も、じっとその場でランハート様の様子を観察する。

超絶イケメンである彼の周りにはたくさんの美しい女性がいて、かなり人気なことが窺えた。その上、女性達へのボディタッチもすごく多い。やはり軽薄そうだ。

「……あ、そうだわ」

ランハート様の整いすぎた顔を見つめ続けていた私は、ふと名案を思いついてしまう。

私には一年後、ゼイン様をこっぴどく振る際、浮気をするという過酷な任務が待っているのだ。そのことを考えるたび、どうしようと頭を抱えていたのだけれど。

先日助けてくれた優しい彼なら、頼み込めば浮気相手のフリをしてくれるかもしれない。

グレースの相手としてもぴったりな気がするし、色々と説得力がある。

理由は分からないものの、私が来ることを楽しみにしていたとプリシラ様も言っていたし、ひとまず友人程度になっておくのは良いかもしれない。

そう思い、ランハート様へと向かって足を踏み出した時だった。

「——グレース」

聞き覚えのある声に、どきりと心臓が跳ねる。すぐに振り返れば、そこには見間違えるはずもないゼイン様の姿があり、私は息を呑んだ。

どうしてここにと思ったものの、もう王都へ戻ってきている時期だったことを思い出す。

何より侯爵家主催の大規模な夜会に、公爵である彼が参加していてもおかしくはない。

ちなみにゼイン様が領地にいる間も手紙のやりとりはしていて、来週には二回目のデートをする予定だった。

「……今、君は——」

「ゼイン様、お会いできて嬉しいです！」

一人での慣れない場所は不安だったため、知人の顔を見ると思わずほっとしてしまう。

悪女感を出すためにずっとツンとした顔をし続け、口の端が攣りそうだった私は安堵の気持ちもあり、ここぞとばかりに笑みを浮かべる。

するとゼイン様は、虚をつかれたような顔をした。

「…………」

「あの、ゼイン様？」

「すまない、少し考え事をしていた」

それだけ言うと今度は口元を手で覆い、ふいと私から顔を背けた。少し馴れ馴れしかっただろうか。そんな彼は黒地に金の刺繍が施されたジャケットを着こなしており、今日も信じられないほど素敵だった。

周りにいる女性達は皆うっとりとした表情を浮かべ、ゼイン様を見つめている。

「やっぱり噂は本当だったのかしら？」

「いや、まだ分からないだろう」

私達の関係は話題の中心だと聞いていたけれど、本当らしい。様子を窺うような視線をひしひしと感じる。

「今日は一人で？」

「はい」

「君さえ良ければ、エスコートしてもいいだろうか」

「ぜひ！　ありがとうございま――あっ！」

ゼイン様に会うとは思っていなかったため、完全に悪女モードの格好をしていたことに今更気が付き、私は慌てて身体を縮こまらせた。

「き、今日の格好はだめでした、ゼイン様にお会いすると思っていなかったので……」

正直にそう告げると、ゼイン様はふっと小さく笑った。

初めて彼が自然に笑ってくれたのを見た気がして、その破壊力に胸が高鳴る。

「そんなこと、気にしなくていい。可愛いことを言うんだな」

「えっ……」

「行こう」

「は、はい！」

可愛いなんて言われてしまい、戸惑いながらも差し出された手を取ると、一気に距離が縮まった。ひとまずランハート様については、後でいいだろう。

そっと重ねただけの手をぎゅっと握られ、心拍数が上がっていく。

緊張している私を見て、ゼイン様は「どうかしたのか」と小さく首を傾げた。

「ええと、その……色々あった後なので少し緊張してしまって……」

「それなら今後、社交の場に出る際は俺に声を掛けてほしい。できる限り時間を作るから」

ゼイン様は誰よりもお忙しいはずなのに、なんて優しいのだろうと胸を打たれる。あまり恋人役に関して気負わず、無理もしないでほしいと思いながらホールを歩いていく。

そんな中、上位貴族らしい雰囲気を纏った一人の令嬢が、ゼイン様に声を掛けた。彼女の視線は私へと向けられており、明らかな敵意を含んでいる。

「ゼイン様、そちらの方は……？」

「俺の恋人だ」

すぐにゼイン様が当然のようにそう言ってのけたことで、令嬢は驚いたように目を見開いた。私も多分、同じような顔をしていたと思う。

こうしてはっきりと言われると、思っていた以上に気恥ずかしい。もちろん周りにも聞こえていたようで、ざわめきが大きくなる。

「行こうか。友人達に君を紹介させてほしい」

「は、はい」

その後はゼイン様の元へ次々と挨拶にやってくる貴族や、彼の友人方に紹介されたけれど、たった一年間の付き合いだと思うと申し訳なさで胸が痛む。

いつか同じように紹介されるであろう、素晴らしいシャーロットの引き立て役になることを祈るばかりだ。

「……あ」

軽食が置かれたコーナーがあるのを見つけ、キラキラと輝くスイーツに目を奪われてしまう。そんな私の様子に気が付いたらしいゼイン様は、すぐに足を止めてくれた。

「何か気になるものでも？」

「あの、少しだけケーキを食べてもいいですか……？」

「少しと言わず、好きなだけ食べるといい」

「ありがとうございます！」

実はコルセットをきつく締めるためにあまり食事をしていなかったせいで、お腹が空いていたのだ。

お言葉に甘えて小さなケーキをふたつお皿に載せ、いただいていく。その美味しさや甘さに、先程までの疲れも吹き飛んでいく気がした。

「すごく美味しいです！　フルーツの甘酸っぱさとクリームの甘さが絶妙で……！」

「………………」

「あの、ゼイン様？」

私を見つめたまま黙り込んでいるゼイン様の名前を呼べば、彼ははっとしたような表情を浮かべ、やがて口元を緩めた。

「君は何でも幸せそうに食べるんだな」

不意打ちで再び笑顔を向けられ、どきりと心臓が跳ねてしまう。

恥ずかしくなった私は、慌てて手元のお皿へと視線を移した。

「ゼ、ゼイン様も召し上がりますか？」

「いや、俺はいい。君を見ているだけで十分だ」

どうかあまり見ないでほしいと思いながら、ケーキを口へ運ぶ。

空腹だったはずなのに、なんだか胸のあたりがいっぱいになってしまい、あまり食べることができなかった。


その後ゼイン様が知人に呼ばれ、お堅い雰囲気を察した私は、少し外の空気を吸ってくると言って彼と別れ、バルコニーへ出た。

「……ふう」

夜風が心地良くて、少しずつ気持ちが落ち着いていくのが分かった。ゼイン様の纏う雰囲気が先日までとは全く違い、そわそわしてしまっていたのだ。

──きっとシャーロットにはもっともっと優しくて、甘いのだろう。ゼイン様に愛される彼女は幸せ者だと思いながら、夜空を見上げる。

「グレース嬢、こんな所にいたんだね」

すると不意に、背中越しに声を掛けられた。

「……ランハート様」

「あ、知ってくれていたんだ。俺の名前」

すみれ色の瞳を柔らかく細めると、ランハート様は「嬉しいな」と綺麗に口角を上げる。

こうして間近で見ても、文句のひとつも付けようのない整った顔に、一種の感動すら覚えてしまう。ゼイン様とはまた違ったタイプのイケメンだ。

「先日は助けてくださり、ありがとうございました」

「ううん、人気者の恋人を持つと大変だね。それにしても今日はまた雰囲気が違って、綺麗な感じだ」

「そうですか」

「俺はこっちの方が好みだな。グレース嬢らしくて」

私の隣へとやってくると、ランハート様はこてんと首を傾げて上目遣いでこちらを見てくる。自分の顔が良いと分かっていてやっているに違いない。

「ねえ、次は俺と付き合ってよ」

「……えっ？」

「公爵様に飽きるのは三ヶ月後くらいかな？　待ってるね」

あまりにも軽すぎる。風でふわふわと飛んでいきそうなくらい軽い。

けれどきっと、今までのグレースなら頷いていたのだろう。

「ええと、考えておきます。それではまた」

即座に断りたいものの、今後協力を仰ぐこともあるかもしれないのだ。できる限り余裕のある顔で曖昧な返事をし、バルコニーを出てホールへと戻る。

するとバルコニーの入り口で、ゼイン様と出会した。

「あ、もうお話は終わったんですね。……ゼイン様？」

「……」

何故か返事はなく、何を考えているのか分からない表情で見下ろされた私は、美しいふたつの金色の瞳から目が逸らせなくなる。

どこか不機嫌にも見える彼は、何かを考え込んでいるような様子で、何かあったのかと心配になってしまう。

少しの沈黙の後、ゼイン様は「……ああ、そうか」と納得したように呟いた。

「どうやら俺は自分が想像していたよりもずっと、単純な男だったらしい」

一体、どういう意味だろう。

ゼイン様は首を傾げる私に向かって微笑み、私の手を掬い取る。

よく分からないけれど、いつも通りの様子に戻ったことにほっとしつつ、大きな手のひらを握り返す。ゼイン様は私の後ろを見つめ、切れ長の目を細めた。

「これ以上悪い虫が付く前に帰ろうか。送るよ」

「えっ？　む、虫がいましたか……!?」

私は昔から本当に虫が苦手なため、慌ててしまう。まだ虫が出る季節ではない気がするけれど、今しがた外に出た時にでも付いてきてしまったのだろうか。

するとゼイン様は、そんな私を見てくすりと笑う。

「今後は俺が寄せ付けないから、安心するといい」

「………？」

こんなにも綺麗な顔をして、ゼイン様は虫が得意なのだろうか。そんなことを考えながら手を引かれた私は、彼と共に煌（きら）びやかなホールを後にした。

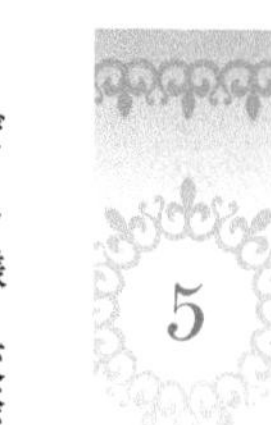

嘘と本当

ゼイン様と交際を開始してから、三ヶ月が経った。既に『運命の騎士と聖なる乙女』のストーリーも始まっている時期だ。

小説の中での関係とは全く違うものの、恋人関係は順調に継続している。

シャーロットが現れるまで、あと九ヶ月弱。ゼイン様からの好感度を、なんとかもっと上げていかなければ。

「美味しいです！　わあ、美味しい……」

「それは良かった」

「はい、すごく美味しいです！」

「そうか」

そんな今日もゼイン様とデートをしており、今はスイーツが絶品だというお店に連れてきてもらっていた。忙しいはずなのに十日に一度くらいのペースで時間を作り、私の好みに合わせたデートをしてくれるのだ。

美味しすぎる林檎のタルトをいただき、語彙力を完全に失う私にも、ゼイン様は相槌を打ってくれている。

　本当にゼイン様は優しすぎて、気持ちは嬉しいものの無理をしているのではないかと心配になってしまう。

「あの、ゼイン様。もちろんこうしてお会いできるのは嬉しいんですが、無理はしないでくださいね」

「無理はしていないし、俺が君に会いたいだけだ」

「……そ、そうですか」

　そしてゼイン様は会う度に糖度が増しており、この三ヶ月で恋人の演技が格段に上手くなっていた。

　こちらが彼を落とさなければならない側だというのに、うっかり落とされてしまいそうになる。命がけの任務がなければ、私も危なかっただろう。

　綺麗で格好良くて地位も名誉もあって、優しくて。何でも持っているゼイン様に特別扱いされて、好きにならない女性などいるわけがないのだから。

「君も最近、忙しいと言っていたが」

「はい。エヴァンから魔法を教わったり、将来について考えて勉強をしたりしています」

「将来？」

「この先の人生計画を立てていまして」

実は地価が跳ね上がる前に、無事にミリエルの街中にて食堂を開店する場所も決まり、忙しい日々を送っている。

既にある建物もそのまま利用できそうで、時間を見つけて赴いては準備を進めている。メニューを考えて実際に作ってみたりするのも、すごく楽しい。

ちなみに公爵邸にも月に一度は遊びに行っていて、マリアベルと料理をしたりお茶をしたりと楽しく過ごしている。彼女はいつも天使すぎて、一番の癒やしだ。

食べられる量も少しずつ増えており、ゼイン様も安堵しているようだった。

「君はこの先、どうするつもりなんだ？」

「その、ゼイン様にわざわざ聞いていただくほどの大した将来ではないので、お気になさらず……」

シャーロットとゼイン様がラブラブしている頃、私が田舎でのんびり過ごす話なんて、どうでもいいはず。

何より私はこの先、こんなにも優しいゼイン様をこっぴどく振り、暴言を吐いて嫌われてしまうのだから。そう思うと、なんだか胸の奥がちくちくと痛んだ。

「……君は本当に──」

「はい？」

「いや、何でもない。そろそろ行こうか」

何を言いかけたのだろうと気になったものの、尋ねるタイミングを失ってしまった。

その後、カフェを出て手を引かれ辿り着いたのは、高級感溢れる宝石店だった。

「おいで、グレース」

「は、はい……」

店内へ入ると、ショーケースの中で輝くたくさんの宝石達に囲まれ、緊張してしまう。

ひとつひとつの値段を想像するだけで、眩暈がした。

ゼイン様はお得意様なのか、あっという間に奥の部屋へ通され、複数の店員に全力対応されている。

私は勧められるまま、やけにふかふかなソファに彼とぴったり並んで腰を下ろした。

「ゼイン様、何か欲しいものがあるんですか？」

「ああ。君にネックレスを贈ろうと思って」

「そうなんですね、私に……私に？」

本当に待ってほしい。目の前のテーブルに次々と運ばれてくるアクセサリー達は、先程のショーケースにあったものとは宝石の大きさや輝きが段違いだ。ど素人の私でも、とんでもない値段だということは分かった。

これをひとつ贈っていただくだけで、今までのお礼としては十分すぎるだろう。もしや恋人関係終了のための手切れ金かと、冷や汗が出てくる。

「ど、どうして私に……？　誕生日でもないですし」

「君は目を離したら、すぐにいなくなりそうだから」

「えっ？　迷子にはなりませんよ」

「とぼけているのなら、本当に君は悪い女だな」

そう言って小さく笑うと、ゼイン様は色々と指示をして私に次々と試着させていく。

好みを尋ねられてもさっぱり分からないけれど、鏡に映る自分には何でも似合ってしまうから困る。ゼイン様は絶対に買って帰ると決めているようで、どうしようと頭を悩ませていたけれど、ふと一番端にあるものが目についた。

「……あの、それは？」

「こちらはイエローダイヤモンドでございます」

他のものよりもずっとシンプルで小さいけれど、その黄金色の輝きに思わず目を奪われてしまう。とは言え、こんな高価そうなものなど買ってもらうわけにはいかない。

一旦、店員が席を外した隙に、私はこっそりとゼイン様に告げた。

「ごめんなさい、気に入るものがなくて……」

こう言えば流石に、無理に買うことはないだろう。

予想通りゼイン様も「分かった」と頷いてくれて、店員に話をしてくると言って部屋を出て行き、私はほっと胸を撫で下ろした。

帰りの馬車に乗り込むと何故か隣に座るよう言われ、大人しく言う通りにする。

エスコートされた際に触れた手は、繋がれたまま。

「ゼイン様、ありがとうございました」

「ああ」

やがて繋がれた手が離され、ゼイン様はポケットから小さな箱を取り出した。

ゼイン様が静かに箱を開けてその中身を見た途端、私は「えっ」と驚いてしまう。先程の宝石店で目を奪われた、イエローダイヤモンドのネックレスが輝いていたからだ。

「どうして……」

「君は本当に嘘が下手だな」

どうやら先程の「気に入るものがない」という言葉が嘘だったことを、ゼイン様は見抜いていたらしい。そしてこっそり購入してくれたのだろう。

「受け取ってくれないか」

こうして私のためにと買ってくれた以上、受け取らないというのも失礼だ。何より、私の気持ちに気付き、こうして贈ってくれたことが嬉しかった。

私は小さく頷くと、差し出された小箱を手に取った。

「ありがとうございます。ゼイン様の瞳の色とよく似ていて、本当はすごく綺麗だなと思っていたんです。初めて見た時から、本当に好きで」

この世界ではみんな色とりどりの美しい瞳をしているけれど、私はゼイン様の瞳が一番好きだった。

「とても嬉しいです。ずっと大切に身に付けますね！」

自分でも不思議なくらい嬉しくて、へらりとした笑顔を向けてしまう。

すると次の瞬間には、視界がぶれていた。

「あ、あの、ゼイン様？」

気が付けば私は、ゼイン様の腕の中にいた。優しい体温と良い匂いに包まれ、心臓が早鐘を打っていく。

二ヶ月半前、馬鹿げたリストを見られて以来、こうして触れられるのは初めてだった。

「……君は本当に、何なんだろうな。近づいてきたと思ったら離れていって、摑めない」

ゼイン様の甘い低い声が、耳元で響く。

言葉ひとつ発せずにいると、抱きしめられる腕に力が込もる。

「俺にこうされるのは嫌じゃない？」

そう尋ねられ、慌てて首を縦に振る。嘘ばかり吐いている私だけれど、こればかりは本音で、ゼイン様は安堵したように小さく笑う。

「グレースといると、ありのままの自分でいられるんだ。俺には何かを楽しむ権利などないと思っていたが、君のお蔭で考えが変わったよ。ありがとう」

「ゼイン様……」

私が彼の世界を少しでも良い方に変えられたのなら、それ以上に嬉しいことはない。

そしてこんな悪女に付き合ってくれている優しいゼイン様のお蔭で、初めは気を張っていた私も、いつしか心から彼との時間を楽しむようになっていた。

「ありがとうございます。私も優しいゼイン様といると、とても楽しいです」

「……ああ」

やがて馬車が停まり、センツベリー侯爵邸に着いたことを悟る。

私から離れた後、ゼイン様は困ったように微笑んだ。

「今回は泣いていないようで安心した」

「そ、その節は……」

「これからは少しずつ慣れてほしい」

「えっ？」

まさか、今後もこういうことがあるのだろうか。一応は恋人同士なのだから、おかしくはないのかもしれない。それでも、動揺を隠せなくなる。

「またすぐに連絡する。おやすみ」

「お、おやすみ、なさい」

その後ふらふらと自室へと戻った私は、そのままベッドに倒れ込むと、手足をじたばたと動かした。

「だ、だめだ、落ち着かないと……うー……」

私がときめいたって、何の意味もない。何もかもが無駄で邪魔な感情でしかないと分かっているのに、どうしようもなくどきどきしてしまう。

間違いなく私に男性経験が全くないせいだ。後はゼイン様の顔が良すぎるのと、優しすぎるのが悪い。

「……ゼイン様は、シャーロットのものなんだから」

ぎゅっと枕を抱きしめ、さっさと寝て忘れようと目を閉じる。

――けれどあれは本当にすべて演技なのだろうか、という疑問を抱きながら。

「なあ、ゼイン。少しでいいからさ、来週末のギムソン伯爵家主催の舞踏会に顔を出してくれないか？」

「……なぜ俺が？」

「デビューしたばかりのビアンカが、お前とどうしても踊りたいってうるさいんだよ」

「来週末はグレースとの予定があるから無理だ」

そこをなんとか！　と両手を合わせるボリスは昔から、従妹のビアンカを溺愛している。

彼女は昔から俺のことを慕っているようで、事あるごとに会ってほしいと頼まれていた。

「二人で顔を出すのはどうだ？　甥のベンもグレース嬢みたいな美女と踊れたら――」

「ふざけるな」

「お、なんだなんだ。嫉妬か？」

「ああ」

はっきりとそう告げれば、揶揄うような様子を見せていたボリスは、ソファから身体を起こす。

やがて信じられないとでも言いたげな表情を浮かべ、俺の顔をまじまじと見つめた。

「……お前、それ、本気で言ってる？」

「俺がこんな冗談を言うとでも？」

幼い頃からの付き合いで俺のことをよく知っているからこそ、こんなにも驚いているのだろう。俺自身、こんな感情を抱いたのは生まれて初めてだった。

――彼女が俺以外の男と触れ合い、踊っている姿を想像するだけで苛立ちが募っていく。

先日、ランハート・ガードナーと彼女が二人きりで話しているのを見た際、抱いたものと同じだった。

本当はあの日の夜会で、声を掛けるかなり前からグレースの存在には気が付いていた。彼女は良い意味でも悪い意味でも、誰よりも目立つのだ。

俺の前での姿とはまるで別人で、大勢の男に言い寄られていた彼女は、不機嫌そうな様子で一蹴していた。けれどそんなグレースが何故か、ランハート・ガードナーをじっと見つめていることに気が付いた。

侯爵令息で見目の良いランハートは、いつも女性に囲まれている。女性なら誰でも一度は好きになる、などと言われているくらいだ。

彼女もあの男に興味があるのだろうか。そんなことを考えるだけで、焦燥感が込み上げてくるのが分かった。

そしてランハートの元へ向かって歩き出した彼女を、俺は思わず引き留めていた。

自分らしくない余裕のない行動に戸惑う間もなく、俺を見た瞬間、破顔したグレースに心臓が大きく跳ねる。

彼女の笑顔が自分だけに向けられることに安堵し、自分は特別なのかもしれない、嬉しいと感じてしまう。

その笑顔が他の男に向けられると思うと不愉快で、苛立つことにも気が付いていた。

「いやあ、驚いた。お前のことだし、義務感だけで付き合っているんだと思ってたんだけどな」

俺自身、初めはそのつもりだった。マリアベルの件がなければ関わることすらない、何よりも嫌いなタイプの人間だと思っていたのだから。

だが、実際に接した彼女は優しくて素直で、まっすぐで謙虚で。俺が想像していた人間とは真逆だった。そんなグレースに、俺は二度も救われたのだ。

彼女が犯人と繋がっており、俺達に恩を売るつもりで事件を仕組んだなんて考えは、とうに無くなっていた。

だからこそ、それ以上の礼を望まない彼女に対し、せめて恋人らしい振る舞いをしようと思っていたのに。いつしか義務感なんて、無くなっていた。

「遅い初恋だな、おめでとさん」

ボリスはそう言うと、嬉しそうに微笑んだ。

初恋という言葉があまりにも自分に似合わず、自嘲してしまう。

「まあ、当然と言えば当然だよな。マリアベルの命を救った上にお前の一番の悩みを解決して、お前の前でだけ可愛くて優しくて素直で、あの容姿だぞ？　あんなの、好きにならない方が無理だろ」

呆れたように溜め息を吐くと、ボリスは再びソファにぼふりと身体を預けた。

元々はマリアベルのこともあり、いずれは利害が一致した家から形だけの妻を迎え、跡継ぎも親戚から養子をとろうと考えていた。

恋情なんて無駄で、俺には縁のない物だと思っていたのに。

「……本当に、かわいいんだ」

「だろうな。俺ですらそう思う、っておい睨むな」

あの屈託のない笑顔を見ていると、つられて笑顔になってしまうくらい、穏やかな気持ちになる。自身の中にこんな感情があったことも、初めて知った。

「彼女もお前のことが好きなんだし、さっさと婚約すればいいのに。ゼインも身を固めた方がいい歳だろ」

「…………」

――果たして彼女は俺が婚約を申し込んだところで、受けてくれるのだろうか。そんな疑問を抱いてしまう。

グレースは俺のことを好きだと言いながら、時折、自分の将来に俺はまるで関係ないという顔をする。

先日だけじゃない、いつだってそうだ。本人は自覚がないようだが、彼女の思い描く未来に俺はいないことは明らかだった。

今まで異性と刹那的な付き合いしかしてこなかったから、という可能性もある。ただ、何か別の理由がある気がしてならない。

そしてその度に裏切られたような、傷付いたような気持ちになり、どうしようもないくらいに独占欲が込み上げてくる。

ネックレスを贈ったのも、それが理由だった。目を離せばすぐに俺から離れて行ってしまいそうな彼女を、縛り付けておくものが欲しかった。

全てが計算なら、彼女はまさに本物の稀代の悪女だろう。

俺が黙り込んだのを見て、ボリスは「まあ、急ぐことでもないか」と困ったように眉尻を下げた。

「そもそも、以前とは別人すぎるのも引っ掛かるよな。話を聞く限り、お前の前以外では変わってないようだし。料理なんていつ覚えたんだ？」

「それについては、俺も気になっていた」

「だよな。少し彼女について調べてみるといい。そもそも公爵のお前が付き合う相手なんだし、それくらいすべきだろ。マリアベルのこともあるし」

元々王家にも仕えていたという諜報員を紹介すると言い、ボリスは立ち上がった。

両腕をぐっと伸ばし、息を吐く。

「でも俺は、どうしたってグレース嬢が悪い人間には見えなかったけどな。ま、ゆっくりでいいんじゃないか」

「……ああ」

まだグレースと知り合ってから、三ヶ月しか経っていないのだ。あっという間に自身の中で大きな存在になっていく彼女に、戸惑っているのも事実だった。

焦る必要はないし、少しずつ彼女のことを知っていけばいい。そう自分に言い聞かせる。

――時間は、いくらでもあるのだから。

ゼイン様から届いた手紙や大量のプレゼントを前に、私は首を傾げていた。

「……もしかして私、好かれているんじゃないかしら？」

最初はマリアベルを救ったお礼として、義務感で付き合ってくれていると思っていた、けれど。それにしてはなんだか、度を超えている気がしてならない。

「でも、好きって言われたことはないんですよね？」

すると私の隣に座り、優雅に紅茶を飲んでいたエヴァンもまた、首を傾げてそう言ってのけた。

元々貴族とは言っていたけれど、確かに言われてみると全ての仕草が綺麗なのだ。一人でお茶を飲むのも寂しいため、よく相手をしてもらっている。

「確かにそうだけれど……か、かわいいって言ってもらえるし、その、抱きしめられたし」

「かわいいくらい、男は誰にでも言えますからね。むしろ本気じゃない相手の方が手は出しやすいですし。それだけで油断するのはまだ早いですよ」

「えっ……手……だ……？」

「逆に思っていない方がさらっと言えたりしますから。少なくとも俺はそうですね」

急に大人の男性の顔をするエヴァンに、たじろいでしまう。

そんな私を見て、エヴァンは「でも」と続けた。

「お嬢様はかわいいですから。大丈夫ですよ」

「三十秒前に何を言ったか覚えてる？」

とは言え、エヴァンの言う通りなのかもしれない。男性経験がない私の、恥ずかしい勘違いの可能性がある。

ゼイン様はグレースにこっぴどく振られたことで、冷徹公爵と呼ばれるようになるのだ。

だからこそ今はまだ、そこまで塩対応モードではないことは分かっていたけれど、想像以上に優しすぎて甘すぎて、うっかり勘違いをしてしまった。

やはりまだまだ油断はせず、アタックしていかなければ。そう心に決めた私は、先程からずっと気になっていたことを尋ねてみることにした。

「それで誰なのかしら？　そちらの美少年は」

　そう、何故か一緒にテーブルを囲んでいる中に、見知らぬ美少年がいるのだ。黒髪黒目の容姿に、なんだか懐かしさを覚えてしまう。

　そして彼は何故か、椅子に縛り付けられ猿轡を嵌められている。突っ込みのカロリーが高すぎて、なかなか触れられずにいた。

「最近お嬢様の周りをうろうろしていたので、怪しいと思って捕まえたんです。それとティータイムの人数が少ないことを気にされていたので、ここに置いてみました」

「怖すぎるわ」

「少しでも妙な動きをしたら、一秒もかけずに殺すので大丈夫ですよ。それに俺、人を見る目はあるので」

「怖いのはそっちじゃないんだけど」

　エヴァンは全く信憑性のないことを言うと、笑顔のまま美少年の猿轡を外した。

「俺がなんでこんな……くっ、殺せ！」

　物騒なことを言っているけれど、声まで良い。年は私より少し下くらいだろうか。それにしても、周りをうろついていたなんてさっぱり気が付かなかった。

「お前、どうして俺に気付いた？　おかしいだろ」

「俺はすごい風魔法使いなので、風を使って普通の人間には絶対に聞こえない音も聞こえるんです」

「どうして私の周りをうろついていたの？」

「……言うはずがないだろう、さっさと殺せ」

「お嬢様のファンでは？　以前もいたんですよね、ストーカー行為をしておきながら、見守っていたと言い張る輩が」

「は」

　すると美少年は本気で怒ったように、顔を赤くして眉を吊り上げた。図星で照れているのかもしれない。グレースの美貌なら、厄介なファンがいても仕方ないだろう。

「それに間違いなく殺意はなかったので、大丈夫かと」

「もしかして、お姉さんのことが好きなの？」

「お前みたいな頭の悪そうな女は嫌いだ」

「あ、頭が……悪そう……」

　グレースの容姿は凛としているのだ。そう見えるのは中の人の私のせいだろうかとショックを受けていると、エヴァンは珍しく怒ったような様子を見せた。

「お前……！　思っていても、口に出して良いことと悪いことがあるだろう！」

「ちょっと」

　エヴァンが一番失礼だ。こんな時、まともな突っ込み役のヤナがいれば、と思うものの、彼女は現在休暇中でいない。

そして今は、新しいサクラのパティに世話をお願いしている。おどおどしているけれど、とても良い子だ。

「パティ、美少年にもお茶を出してあげて」

「何なんだよお前らは！　帰すか殺せ！」

とりあえず美少年にもお茶を出してみたところ大人しく飲み、負け犬っぽい台詞を言って帰って行った。

——その後「アル」と名乗った彼は、私の周りをうろついてはエヴァンに捕まり、強制的にお茶会に参加させられることになる。

そんなある日、私は朝からウィンズレット公爵邸を訪れていた。今日は私の瞳の色によく似た、空色のドレスだ。

第三日曜日にはマリアベルと一緒に昼食を作り、ゼイン様と三人で食事をする、というのがいつしか当たり前になっている。

私自身、二人と過ごす穏やかで優しいこの時間がとても好きになっていた。

「すごく美味しい、マリアベルって才能があるんじゃないかしら」

「嬉しいです！　ありがとうございます」

「私がいなくてももう一人でもう作れそうね」

料理中、味見をしながらそう伝えると、マリアベルは何故か泣きそうな顔で私のエプロンをぎゅっと掴んだ。

「……私、一人で料理を作れるようになっても、ずっとずっとお姉様と一緒がいいです」

その可愛さと愛おしさに、胸が締め付けられた。私だって、マリアベルとずっと仲良くしたいと思っている。

それでもゼイン様と別れた後、マリアベルとの関係も変わってしまうことを思うと、やはり胸が痛んだ。

「ありがとう。私もマリアベルと一緒がいいわ」

二人がハッピーエンドを迎えた後、実は全部世界のためだったので許してください！と謝っても許されないだろうか、なんて考えながらマリアベルを抱きしめる。

その後は三人で昼食をとり、散歩をしたりお茶をしたりして楽しく過ごしていたけれど。

「私、本当に幸せです。ゼインお兄様とグレースお姉様が結婚したら、絶対にもっともっと幸せですね！」

何気ないマリアベルの言葉に、戸惑ってしまう。そんな日は、絶対に来ないのだから。

ゼイン様と結婚だなんて、私なんかにはもちろん想像もつかないものの、この穏やかな時間がずっと続いたら幸せだろうと、心の底から思っていた。

『君の側に居られることが、俺にとって最大の幸福だ』

けれど、それが正解ではないことを私は知っている。

優しくて可愛いシャーロットと会えばきっと、同じことを思うに違いない。三人は絶対に幸せになれるはず。

「………………」

それなのに、どうして嬉しいと思えないんだろう。

最初から分かっていたことなのに悲しくて、寂しい気持ちでいっぱいになってしまう。

「グレースお姉様……？」

「あっ、ごめんなさい！　……私も本当にそう思うわ」

不安げな顔をしたマリアベルに慌てて笑顔を向ければ、ほっとしたように微笑んだ。

彼女達のためにもしっかりしなくてはと自分に言い聞かせ、両手をきつく握りしめた。


楽しく一日を過ごし、センツベリー侯爵邸まで送ってくださるというゼイン様と共に、馬車に乗り込んだ。そして今こそ作戦決行の時だと、心の中で気合を入れる。

「あの、お隣に座ってもいいですか？」

そう尋ねるとゼイン様は少しだけ驚いたような様子を見せたけれど、すぐに頷いてくれ、私は向かいから隣へと移動する。

ぴったりと隣に座ると、優しい良い香りや触れ合った肩の体温にどきどきしてしまう。

「て、手を繋いでもいいですか」

「……ああ、もちろん」

差し出された手を取ると、ゼイン様はすぐに優しく握り返してくれる。男の人らしい手だと、いつも思う。

――ヤナがいない今、本屋で大量に買ってきた恋愛本を読み漁った結果、とにかく触れて誘惑し、異性だと意識をさせることが大事だという知見を得たのだ。

その結果、こうして触れてみているのだけれど、ちらりとゼイン様を見上げてみても、彼に変わりはない。これ以上のスキンシップとなると、私のキャパを超えてしまう。

それでも頑張らなければと思い、恥ずかしさや照れを必死に押さえつけ、こてんと頭を彼の身体に預けてみる。

「ああ、眠いのか。着くまで眠って大丈夫だ」

するとそんな反応をされ、私は内心頭を抱えた。

誘惑しようとして寝かし付けられるなんて、間抜けすぎる。

「ち、違います！　眠いわけじゃありません」

「それなら何故、こんなことを？」

「その、ゼイン様に好きになってもらいたくて」

もうここは正攻法だと思い正直に告げると、ゼイン様は驚いたように「本当にそう思っていたのか」と呟いた。

まるで何かを聞いたことがあるような口ぶりに、少しの引っかかりを覚える。

「……そんなこと、する必要なんてないのにな」

繋がれた手のひらに、力が込もる。

どういう意味だと尋ねてみても、ゼイン様は教えてはくれない。

「君は俺との結婚についてどう思う？」

「えっ？　ええと、絶対にお相手は幸せだと思います！　ゼイン様は誰よりも優しくて、素晴らしい方ですから。羨ましいです」

「それなら、どうして――」

ゼイン様は傷付いたような表情を浮かべた後、「ありがとう」と呟いた。

「俺も、君と結婚できる相手は幸せだと思うよ」

そんな言葉に驚いて顔を上げれば、困ったように微笑むゼイン様と視線が絡んだ。

褒められて嬉しいはずなのに、またずきりと胸が痛んだのは何故だろう。

「…………」

やがてゼイン様のあたたかな体温や優しい声、馬車の小さな揺れにより、本当に眠たくなってきてしまう。静かに目を閉じると、あっという間に意識が遠のいていく。

優しく頭を撫でられる感覚に、ほっとする。

「……ずっと、このまま過ごせたらいいのに」

無意識にそう呟いたことには気が付かないまま、私は穏やかな夢の中に落ちて行った。

6 正しい未来

ゼイン様と恋人になって、五ヶ月が経った。

あっという間に毎日が過ぎて行くことで、なんとなく焦燥感が募っていく。一日一日を大事に過ごし、やるべきことをこなしていかなければと、改めて気合を入れる。

「お嬢様って、予知能力者なんですか？」

「フフ……実はそうなの」

「こいつがそんな大層なものなわけねーだろ」

そんなある日の昼下がり、私はエヴァンと捕獲されてきたストーカー美少年アル、そして復帰したヤナとテーブルを囲み、お茶をしていた。

そして昨日、以前購入した土地の値段が小説の通りに跳ね上がったことで、私とついで買いしたエヴァンは無事に大金を手にしたところだ。

こんな簡単にお金が稼げてしまうなんて、なんだかとても悪いことをした気分になる。

正直、嬉しいより怖いが大きいけれど、大切に使わなければ。

「お前、その金何に使うわけ？」

「これはね、お店を開くお金にするの」

「ふーん。ドレス屋でも開くのか」

「ううん、平民向けの食堂よ」

正直にそう答えたところ、アルはひどく驚いたように「は」という声を漏らした。名前と貴族令息ということしか知らないけれど、すっかり馴染んでいる。

ひとまず先に使わせてもらったグレースの貯金分を戻し、食堂準備資金と私用の貯金に分け、贅沢はしないでおく。

ヤナとパティには臨時ボーナスをあげたところ、とても喜んでくれて、私まで嬉しくなった。エヴァンはカジノで倍にしてくると、恐ろしいことを言っている。

「あ、そろそろ時間ね。公爵邸に行ってくるわ」

「はい。行ってらっしゃいませ」

食堂の準備や社交で忙しいものの、ゼイン様と会う時間は以前より多くなっていた。

「よく似合っている。かわいいな」
「あ、ありがとう、ございます……」

そして今日も今日とて、どちらが落とされる側なのか分からない空気のまま。先日ゼイン様が贈ってくれたドレスを着て行ったところ、恥ずかしくなるほどに褒めてくれた。

彼からのプレゼントは全て素敵でセンスが良くて、何より恐ろしいくらい高そうだった。

「おいで」

ゼイン様の部屋に通され、隣に座るよう勧められる。

以前よりも距離感はずっと近くなり、どきどきすることもさらに増えた。座って話をする時に手を繋ぐのだって、当たり前になっている。

私は心臓が破裂しそうだけれど、ゼイン様はいつも平然としていて、なんだか悔しい。

「今日はここへくる前、何をしていたんだ？」

「エヴァンやヤナとお茶をしていました。大きなお金が入った途端、エヴァンがカジノに行こうとするので止めていたんです」

「結局、一度も行っていないのか？」

「はい。カードを少しめくったり玉を転がしたりするだけで、一瞬で大金が消えてしまうかと思うと、胃に悪いので……」

「君は本当に変わってるな」

くすりと笑うゼイン様につられて、私も笑顔になる。最近は「私のことを知りたい」と言って、色々なことを質問してくれるようになり、会話も弾むようになった。

「ゼイン様は行ったことがあるんですか？」

「何度かボリスに連れられて行ったことがある。今度一緒に行こうか、俺が払うから」

「そ、そういう問題じゃないんです……」

「俺は何をやっても勝つから大丈夫だ」

そんなことをさらりと言うゼイン様は、かなりの豪運だという。さすが主人公だ。

「あの、それとお気持ちはとても嬉しいんですが、高価なプレゼントもたくさんいただかなくて大丈夫です」

「君は何を贈れば喜んでくれるんだ？」

「えっ？　ええと……そ、その辺で摘んだ花とか……」

咄嗟にそう答えると、ゼイン様は「なんだそれ」と吹き出した。

たった四つしか年齢は変わらないというのに、大人びて見える彼のたまに見せる年相応の笑顔には、いつも心臓が跳ねてしまう。

「ほ、本当ですよ！　花束をもらったことがないので」

「そうか。では、初めては俺に贈らせてほしい」

「はい、楽しみにしていますね」

とは言え、ゼイン様がその辺の花を摘んでいる姿を想像するとなんだか似合わなくて、思わず笑ってしまった。

「……どうして、こんなにかわいいんだろうな」

すると私の頭を撫で、ゼイン様は柔らかく目を細めた。ゼイン様はいつも私に「かわいい」と言ってくれ、その度にぎゅっと胸が締め付けられるような感覚がした。

今はゼイン様の言動の全てが演技だとは思っていないし、マリアベルに向けるような、妹に対するものに近いのではないかと考えていた。

恋愛感情ではなくとも、ゼイン様の中で少しずつ私の存在が大きくなっていたらいいなと思う。あと七ヶ月もあるのだ、きっと別れる時に少しくらいは傷付いてくれるはず。

何より私の付けた傷なんて、シャーロットがあっという間に癒やしてくれるだろう。

「あ、そうでした。実はレシピをまとめたノートを――」

今月はバタバタしていて、まだマリアベルと会えていなかったため、簡単に作れる料理のレシピをノートにまとめてきたのだ。

先日話したように基本的には一緒に作りたいけれど、少しでも食事の量や回数が増えたらいいなという気持ちもあった。

それを取り出そうと鞄に手を伸ばしたものの、床に落としてしまう。そうして手を伸ばせば、同じく拾おうとしてくれたらしいゼイン様とこつんと額がぶつかった。

「……っ」

あまりの近さに、また心臓が跳ねる。睫毛の数すら数えられそうな距離で、視線が絡む。

ゼイン様の蜂蜜色の瞳に映る私は、泣きそうな顔をしていた。

「ご、ごめんなさ……」

「グレース」

ひどく甘い声で、名前を呼ばれる。

更にゼイン様の顔が近づいてきて、思わずきつく目を閉じた、けれど。

「……大丈夫だ、何もしないから」

そんな声がしてゆっくりと目を開けると、困ったように微笑むゼイン様の姿があった。

早鐘を打つ心臓のあたりをぎゅっと押さえ、必死に落ち着くよう自分に言い聞かせる。

「な、何か大きな集まりがあるんですか？」

ノートを渡してお礼を伝えられた後、話題を変えようと、私はゼイン様にそう尋ねた。

テーブルの上には一枚の封筒が置いてあり、そしてその封蝋の刻印から、王家からの招待状だということに気が付いたのだ。

同じものが以前、お父様のもとに届いていた記憶がある。

「ああ。君のところにも近々届くんじゃないか」

ゼイン様はそう言うと、封筒を手に取った。

「それに、君を誘おうと思っていたんだ」

「私をですか？」

最近では、ゼイン様のパートナーとして社交の場に出ることも少なくない。だからこそ何気なくゼイン様の手元の招待状を覗き込んだ私は、息を呑んだ。

「来月末、王家主催の舞踏会が開かれるんだ。第二王女の婚約を祝うものらしい」

「——え？」

そんなはずはないと自身の目を疑い、瞬きを繰り返す。それでも招待状にははっきり、第二王女の婚約を祝う舞踏会が開催されることが綴られていた。

訳が、分からなかった。頭の中が真っ白になる。

「ど、どうして……」

この王家主催の舞踏会は、シャーロットとゼイン様の出会いの場——私がゼイン様を振る日なのだ。

小説の中で舞踏会が開かれるのは、間違いなく来年の春頃だったはず。どうして半年近くも前の今なのだろう。

「あの、第二王女様って、どんな方なんですか？」

「マリアベルのひとつ歳上の、穏やかで物静かな方だ。一番の友人だと聞いている」

その言葉から、すぐに理解してしまった。もしかしたらマリアベルの命を救ったことで、未来が変わったのかもしれないと。

私の仮説でしかないけれど、本来の婚約や舞踏会が今の時期であり、一番の友人であるマリアベルを失ったことで延期になったのが、原作の世界線なのかもしれない。

そしてその結果、この先の未来も全て変わってしまうかもしれないことを思うと、とても怖くなる。

けれど、後悔なんて一切していない。マリアベルが今生きているという事実が、何よりも大事なのだから。

「グレース？　顔色が悪いが、大丈夫か」

「あっ、ごめんなさい！　大丈夫です！」

黙り込んでしまった私の顔を、心配したようにゼイン様が覗き込む。慌てて笑顔を作ったものの、ゼイン様の表情は変わらないまま。

「ぜひ、舞踏会は一緒に参加させてください」

「……ああ、もちろんだ」

とにかく当日はゼイン様と共に舞踏会に参加し、シャーロットが現れた場合には、別れを告げるしかない。

ひとまず今は頭の中がぐちゃぐちゃになっているし、ゼイン様曰く顔色も真っ青らしく、早めに帰ることにした。

「ゼイン様、ごめんなさい。少し体調が良くないようなので、今日はもう帰りますね」

「分かった。屋敷まで送ろう」

「いえ、申し訳ないので大丈夫ですよ」

「心配なんだ。頼むから送らせてほしい」

結局断りきれず、ゼイン様は常に私の体調を気遣いながら、侯爵邸まで送ってくれた。

「何かあっては困るから、医者に診てもらうように」

「はい、本当にありがとうございます」

「また連絡する。ゆっくり休んでくれ」

本気で心配してくれているようで、胸が痛む。

こんなにも優しいゼイン様のためにも、最後まで頑張らなければ。

「しっかりしなきゃ」

――最初に私がグレース・センツベリーを演じ切ろうと思ったのは、死にたくない、戦争が怖い、小説通りのハッピーエンドを迎えてほしい、というのが理由だった。

けれど今はエヴァンやヤナ、マリアベルといったこの世界で出会った人々や、ゼイン・ウィンズレットという人に幸せになってほしいと心から思っている。

「……きっと良い方向に変わってるはず。うん、大丈夫」

ポジティブに考えればマリアベルが生きていてくれた上に、ハッピーエンドまでの最短ルートになったのだ。

この先は絶対に本来のストーリーに戻そうと、私はきつく手のひらを握りしめた。

それから私は、今後について改めて考え直した。Xデーまで後一ヶ月しかないため、効率的に動かなければ。

「まずはゼイン様と急いで距離を縮めて、浮気相手を用意して……後は食堂の準備も進めておきたいし……」

その後、大切な話があると言ってエヴァンとヤナを呼び出した。二人はいつも通りの様子でテーブルを挟み、向かいに座ってくれている。

いつもお世話になっている二人には、本当のことを話しておきたかった。今後の私の言動により嫌われてしまうのが怖い、というのが一番の理由かもしれない。

「じ、実は私ね……未来のことが分かるの」

「へー、すごいですね」

「そうなんですか。便利ですね」

「嘘みたいな話、信じられな――えっ？」

そんな中、驚くほどあっさりと信じてくれた二人に、こちらが戸惑ってしまう。

それからも私が浮気をしてゼイン様をこっぴどく振らないと死ぬ上に、戦争が起きるという突拍子もない話を「それは大変ですね」なんて言い、信じてくれた。

「どうして信じてくれるの？　我ながら、意味が分からないと思うんだけど」

「だって、お嬢様がそんな嘘を吐いたって、何の得もないじゃないですか。まあ俺としては嘘でもいいんですけど」

「そうですね。そもそも今のお嬢様は、そんな嘘を吐く方ではないと思っていますから」

「エ、エヴァン……ヤナ……！」

そして今後も私に協力してくれるという二人の言葉に、じわじわと視界がぼやけていくのが分かった。

――多分私はずっと、怖くて不安だったんだと思う。

きっと強がっていても、自分の行動によって大勢の命が失われてしまうかもしれないと、勝手にプレッシャーのようなものを感じていた。

だからこそ、こうして誰かに話し、信じてもらえたことですごく気持ちが軽くなった気がする。エヴァンとヤナには、感謝してもしきれなかった。

「でも、それでお嬢様はいいんですか？」

「えっ？」

「ウィンズレット公爵様とのこと、いつも楽しそうにお話しされていたじゃないですか。マリアベル様だってそうです」

「……寂しいけれど、仕方のないことだから」

グレース・センツベリーというのは、そういう役割のキャラクターなのだ。こうするのが正しいのだと自分に言い聞かせ、私は二人に笑顔を向けた。

数日後、私はセンツベリー侯爵邸の応接間にて、ランハート様と向かい合っていた。

「嬉しいな。グレース嬢に誘ってもらえるなんて」

「突然お呼び立てして、ごめんなさい」

「ううん、気にしないで」

久しぶりに会った彼は、やはり恐ろしいほどにキラキラと輝いている。長めの髪を片耳にかけており、その耳元では大きなピアスが揺れていた。

私の後ろにはエヴァンが立っていて、側ではヤナがお茶の準備をしてくれている。

「いつもと様子が違うね、話し方も雰囲気も」

「これが素なんです」

「へえ？　にわかには信じがたいけど」

今日の私は悪女感ゼロで、ありのまま。

今後、味方になってもらうのなら、それが一番良いと思ったのだ。

「実はランハート様にお願いがあるんです」

「うん、なにかな？」

甘い笑みを浮かべたランハート様は、こてんと首を傾げてみせる。

私は深呼吸をすると、口を開いた。

「どうか私の浮気相手のフリをしてくれませんか？」

そう告げた瞬間、驚いたようにランハート様のアメジストによく似た瞳が見開かれる。

けれどすぐに目を細めた彼は「詳しく聞かせてよ、その話」と言い、形の良い唇で美しい弧を描いた。

「とにかく社交の場など人目に付くところで、私と親しげにしていただきたいんです」

「いちゃいちゃしてほしいってこと？」

「い……!?　フ、フリでお願いします」

「ふうん？　フリって言っても限界はあると思うけど」

ランハート様は余裕たっぷりの笑みを浮かべると、長い脚を組み直し肘をついた。

ハッキリといちゃいちゃ、なんて言われるとドギマギしてしまう。

「でも、何でそんなことを？　公爵様にもう飽きちゃった、って感じには見えないけど」

「……それは言えないのですが、とにかく今は必要なことなんです。来月の末には別れる予定なので」

「意外だったな。すごく仲良さそうだったのに」

興味深い、という顔をして、ランハート様は私の顔をじっと見つめる。

周りからは親しく見えていたようで、嬉しいような、何故か少しだけもやもやする気持ちになってしまう。

「あの日だって、俺のことを牽制してたくらいだし」

「……………？」

何の話だろうと疑問符を浮かべる私を見て、ランハート様は「本当に君、グレース・センツベリー？」なんて言って笑っている。

「それで、君を手伝って俺に何か得はある？」

「逆に私に望むことはありますか？」

「うーん、そうだな」

悩むように前髪をかき上げる姿も、絵になりすぎている。年齢はゼイン様のひとつ上の二十二歳と聞いているけれど、色気がすごい。見ているだけで酔いそうだ。

「今すぐには思いつかないから、俺のお願いをひとつだけ聞いてくれるって約束してほしいな。そうしたら浮気相手のフリ、してあげるよ」

「分かりました！　私にできることなら」

「うんうん。俺もあのクールな公爵様が俺なんかを相手に浮気された挙げ句、グレース嬢に振られるなんて、どんな顔をするのか楽しみだし」

「………」

ランハート様は身体を起こし前のめりになると、膝の上で両手を組んだ。

宝石のようなすみれ色の瞳と、まっすぐに視線が絡む。心の中まで見透かされそうで、どきりとした。

「これからはグレースって呼ぶね。俺のことはランハートって呼んでほしいな」

「えっ……」

「浮気相手なんでしょ？　それくらいしなきゃ」

確かに言う通りだけれど、なかなかハードルが高い。そもそも私はこの世界で、エヴァンくらいしか異性を呼び捨てにしたことがないのだ。

けれど形から入るのは大事だろうと頷くと、ランハート様──ランハートは満足げに微笑み、立ち上がる。

「これから楽しくなりそうだな。いつでも連絡して？　すぐにかわいい浮気相手の元へ駆けつけるから」

「あ、ありがとうございます。このことは口外無用で」

「おっけー、分かってるよ」

同じく立ち上がった私の元へやってきて髪を一束掬い取ると、音を立てて唇を落とした。

ぎょっとする私を見て、ランハートはおかしそうに笑う。

「本当にそれが素なんだ。かわいいね」

「ど、どうも」

「これくらいで照れていたら、浮気なんてできないよ？」

やけに楽しげな様子の彼はそれだけ言うと、屋敷を後にした。

呆然としながらその姿を見送った私は、溜め息を吐く。

「……浮気相手としては、すごく良さそう」

「ですね。あれくらいの勢いがないと、お嬢様は浮気のフリなんてできないと思いますし」

ひとまず条件はクリアしたことだし、今後は彼とこれ見よがしに人の多い場所に出掛ければ良いだろう。

私はエヴァンと共に自室に戻ると、ぼふりとソファに倒れ込んだ。なんだか、少し話しただけですごく疲れた。ゼイン様とは、そんなことはないのに。

「……愛の力って、何なのかしら」

「なんですか？　それ」

「よく分からないんだけど、それで世界が救われるの」

シャーロットとゼイン様が愛し合うことで、シャーロットは聖女の力に目覚める。それだけは知っているけれど、どういう仕組みなのだろう。

小説にはそれ以上のことは書いていなかったため、よく分からない。

どこからが愛し合う、なのだろう。

「まあ、私には関係のないことだわ」

あの二人ならきっと、大丈夫。そう思った私は顔を上げ、少しでも時間を無駄にしないよう両頬を叩くと、裁縫箱を取り出した。

日曜日、私はいつものように公爵邸を訪れていた。

広間にてゼイン様、マリアベルとお茶をしながらさりげなくタイミングを窺っていた私は「今だ！」と思い、鞄から包みを取り出す。

「あの、ゼイン様。これ、よかったら」

「……これは？」

「剣帯です。勝手に刺繍してみました」

「君が、俺に？」

「はい。剣帯への刺繍は初めてだったんですが……」

先日、ゼイン様は長年愛用していた剣帯がいよいよ壊れてしまったと言っていた。

この国では騎士にとってお守り代わりのとても大事なもののようで、親族や身近な人が無事でいられるよう祈りを込めて刺繍をするのだと、ヤナから聞いている。

「無地の剣帯を使っている奴なんて、見たことないですね。面倒臭がりな俺ですら、いつも誰かに適当に頼んでいますし」

想いを込めた刺繍には力が宿り守ってくれる、という言い伝えがあるのだと、エヴァンが教えてくれた。

マリアベルは頭も良く魔法も使える完璧美少女だけれど、裁縫だけは不得意のようで。無地のものを使っていると知った私は、ちくちく夜なべをして刺繍してきた。

これから別れる人間が贈るのもどうかとしばらく悩んだものの、来週大規模な魔物の討伐遠征があると聞き、その日だけでも使ってほしいと思ったのだ。

「来週の遠征で使っていただけたら嬉しいです。使い捨てのような感じで、その後は捨てていただければ」

「そんなこと、するはずがないだろう」

「えっ？」

ゼイン様はそう言うと視線を落とし、大切そうに刺繍部分を長い指でなぞった。

貧乏な私は子どもの頃から破れた服などを直していたせいで、刺繍には自信があるため、我ながら自信作だ。ちなみにエヴァンからも既に予約が入っている。

「ありがとう。一生大切にする」

「いえ、それほどのものでは」

「お兄様、良かったですね……！　ずっとお母様が刺繍されたものを、なんとか修理して使っていたので」

「……そうなのですね。絶対に無事に帰ってきてください」

とにかくすごく喜んでもらえたようで、ほっとする。きっとシャーロットは万能美少女だから刺繍だってできるだろうし、今後も安心だ。

そんなことを考えていると、不意に手のひらをきつく握られた。顔を上げれば、熱を帯びた金色の瞳と視線が絡む。

「絶対に、無事に帰ってくる」

「は、はい」

「本当に嬉しい。ありがとう、グレース」

あまりの顔の近さに戸惑っていると、向かいに座っていたマリアベルがくすりと笑う。

「ふふ、お二人を見ていると幸せな気持ちになります」

頬を両手で覆ったマリアベルは、「あ、そうだわ」と言って悪戯な笑みを浮かべた。

「グレースお姉様、ご存じですか？　お兄様ってば、お姉様が好きそうなお店を探すために、まずはご自分で一度食べに行かれるんですよ」

「えっ？」

「マリアベル」

黙ってくれと言いたげに、ゼイン様はマリアベルの名前を呼ぶ。

信じられない話に、私は戸惑いを隠せない。

「ほ、本当ですか……？」

「……聞かなかったことにしてくれないか」

そう呟き、口元を手で覆ったゼイン様の顔は、はっきりと分かるくらいに赤い。私まで落ち着かなくなってしまい、顔が熱くなっていくのが分かった。

デートの度に、いつもゼイン様はほっぺたが落ちそうなくらいにスイーツが美味しいお店に連れて行ってくれる。

いつも私は感激してばかりで、詳しいなあ程度にしか思っていなかったのだ。

――彼ほどの人なら、いくらでも他人に調べさせることだってできるはずなのに。

私のためにわざわざ忙しい合間を縫ってくれたと思うと、胸の中が温かくなった。

「嬉しいです。すごくすごく、嬉しいです」

「……そうか」

「はい、本当にありがとうございます！　いつもゼイン様が連れて行ってくださるお店は全部がびっくりするくらい美味しくて、幸せな気持ちになるんです」

「それなら良かった」

自分でも驚くほど嬉しくて、照れたように微笑むゼイン様を見ていると、心臓がうるさいくらいに大きな音を立て、早鐘を打っていく。

繋がれていた手を思わずぎゅっと握り返してしまったことには、気付かないふりをした。

ゼイン様が討伐遠征に行っている間、私はミリエルに通い、食堂の準備を進めていた。

朝から夕方まで作業をし、帰る前に店の前で改めて建物を眺めると、感動してしまう。

「すごい、お店っぽくなってきたわ……！」

前世ではいくら頑張ったところで、一生かかっても開店資金は貯まらなかっただろう。

せっかく得たチャンスを大事にしなければと、気合を入れる。

「メニューはもう大体決まったことだし、食材の仕入れも問題なさそうだから、後は従業員をなんとかしないと」

このままいけば順調にオープンできそうだし、従業員を募集し始めてもいいだろう。

これくらいの規模なら、少人数でもよさそうだ。もちろんゼイン様と別れた後は、私も変装なり何なりしてレギュラーで働くつもりでいる。

「へー、マジじゃん。食堂とか冗談かと思ってた」

「そんな冗談言わないわよ」

私とエヴァンの隣では、何故かストーカー美少年のアルがまじまじと店を眺めていた。

こんなところまで付いてきていたことにも、もう驚かなくなってしまっている。

「プレオープンの日は、私も料理を作るつもりなの。その日は無料だから、お友達を連れて遊びにきてね」

「ふーん。知り合いと来るわ」

「ええ、ありがとう！　待ってるわ」

「お友達」と言ったのに「知り合い」と返ってきたことで、友達がいないのかと心配になってしまう。

やはり周りとの距離感がうまく掴めないとかで、ストーカー的な感じになってしまったのかと胸を痛めていると、何故か睨まれた。

「お前、絶対失礼なこと考えてるだろ」

「そ、そんなことないけれど」

「やっぱりアルって、友達いないんですか？」

「てめえ」

ストレートすぎるエヴァンに対し、攻撃しようとするアルを宥めていると、手を繋いだ子どもが二人やってきた。雰囲気を見る限り、姉妹だろうか。

「ねえ、なにしてるの？」

「お店を作っているのよ。ご飯屋さんなの」

「わあ、すごいね！　楽しみ！」

ぱあっと大きな瞳を輝かせ、こくこくと頷いてくれる姿に思わず笑顔になる。

「ありがとう！　お友達も誘って遊びにきてね」

「うん！　……でも、最近みんないなくなるんだ」

「えっ？」

みんないなくなる、という言葉に驚いていると、やけに焦ったように子ども達を呼ぶ母親らしき人がやってきて、二人は「またね！」と去っていく。

私は二人に手を振ると、エヴァンを見上げた。

「いなくなる、ってどういうことなのかしら？」

「引っ越しシーズンなんですかね」

ミリエルは特に子どもが多いため、だからこそ私はこの街を選んだのだ。多くの人に喜んでもらえるといいなと胸を弾ませながら、王都へと戻ったのだった。

7 感情ジェットコースター

一週間後、私はランハートと共に街中へ向かう馬車に揺られていた。まずは人の多い場所に行き、噂を立てようということになったのだ。

「グレースは今日もかわいいね」

「ま、まだ演技に入らなくても大丈夫ですよ。ここには私達しかいないので」

「いやだな、本音なのに」

ゼイン様も二日前には、王都へ戻ってきているはず。無事だったことにほっとしつつ、もう舞踏会までは時間がないため、こうして行動を始めている。

華やかな白いジャケットに身を包んだランハートは、今日も何もかも眩しくて目が痛い。

小説の中ではグレースの浮気相手は日替わりだったけれど、ランハートひとりの方がよっぽど目立って、より浮気感が出そうだ。

もちろん私も過去のグレースのドレスの中でも、特にド派手なものを選び、ヤナに悪女感たっぷりに仕上げてもらってきている。

「敬語もやめようよ、身分差だってないんだし」

「年の差があるので」

「悪女のグレース・センツベリーは、そんなの気にしないタイプに見えるけどな」

「た、確かに……分かりま――分かった」

名前呼び、敬語なしだけで一気に親しく見えるというアドバイスに従い、早速実践することにした。ぎこちない私を見て、ランハートは楽しげに笑っている。

想像以上に真剣に協力してくれていて、私の中でランハートの株が上がっていく一方、彼の「お願い」が何になるのだろうと怖くなっていた。

「どこに行くつもりなの？」

「オペラを観に劇場に行こうと思って。噂好きの奴らが多い上に、公爵様と君が最初に話題になった場所だからね。インパクトがあるかなって」

「なるほど……！」

流石頼りになると思っていると、大粒の宝石の付いた指輪が輝く人差し指で、頬をつつかれた。突然触れられ、思い切り飛び上がった私を見て、ランハートは笑っている。

「暗い顔をしてたらダメだよ。罪悪感ありますって顔」

「……そんな顔、してる？」

「うん。それはもう」

なんとか笑みを浮かべれば「うん、かわいい」なんて言われてしまう。罪悪感なんて一ミリも感じず、ランハートとの浮気を楽しむ悪女になりきらなければ。

「本当に面白いね。そんな顔をしながら俺と浮気して、これから公爵様を振るなんて理解できないな」

「私の命と世界平和のためなの」

「あはは、それは俺も責任重大だ」

そうして劇場に到着しランハートと賑わうロビーに入ると、一気に視線が集まるのが分かった。

前回、ゼイン様と来た時以上の反応だ。

「まあ！　今度はランハート様なの？」

「ゼイン様に捨てられたのかしら」

そんな会話が360度から聞こえてきて、これは明日どころか今日中には広まりそうだと確信する。何度もエヴァンと共に鏡の前で練習した悪い笑みを浮かべ、内心では緊張しながらランハートの腕に自身の腕を絡めた。

「美しい君を独占できるなんて、夢のようだよ」

「ええ、わたしもランハートとすごせてうれしいわ」

表情や態度に意識が集中してしまい、悲しいくらい大根役者の私にランハートは俯き、吹き出している。

　このままではボロが出ると思ったのか、ランハートはぐいと私の腰を抱き寄せた。

「かわいいグレースの姿を、これ以上他の男には見せたくないな。早く二人きりになれる所に行こう？」

「そ、そうね……」

　ナイスフォローと感謝しながらも、刺激が強すぎて私は笑顔を返すことしかできない。騒がしくなっていくホールを抜け、案内されたのは見覚えのある席だった。

「あれ、ここは」

「そうそう、こないだ公爵様と君が座っていた席。俺は同じ階の別席にいたんだけど、あの距離感には笑ったなあ」

「……あの時は知らなかったの」

　頭を打って、少しだけ記憶がないと言えば「あー、そんなこともあったね」と納得してくれたようだった。

「ほら、おいで」

　今回は二人席に並んで腰を下ろし、ぴったり隣に座る形になる。当たり前のように肩に腕を回されたことで、私は硬直し指先ひとつ動かせず、変な汗が出てきた。

「今回の演目は悲恋だって」

「えっ……それはちょっとまずいような……」

「この後の作戦に支障が……」

とは言え、こんな緊張しっぱなしの落ち着かない状況では、オペラの内容も全く頭に入ってこないだろう、と思っていたのだけれど。

「……っう……ぐす……」

オペラが終わった後、私はあまりの切なさと悲しさで号泣してしまっていた。もう途中からランハートのことなど忘れ、舞台に集中していたように思う。

愛し合っているにもかかわらず結ばれない二人の姿に、押し潰されそうなほど胸が締め付けられた。

泣かないなんて無理があるというくらい、会場中の人々は涙に包まれている。

一方、ランハートは「こんなの作り話でしょ」なんて言ってけろっとしていた。

「あはは、こんな状態じゃいつまでも外に出れないな」

「ご、ごめんなさい……」

「全く気にしないで。正直、見た目だけは勝ち気な君の泣き顔、すっごいそそられるんだよね」

「………!?」

びっくりして涙が止まった私の目元を、ランハートは「よし、止まったね」なんて言って良い香りのするハンカチでそっと拭ってくれる。

　モテるのも納得だと思いながらお礼を言って深呼吸し、涙で崩れたであろう化粧を直してくるため席を立つ。

「……男好きの悪女のフリ、難しいなぁ」

　そんなことを考えながら廊下を曲がった瞬間、思い切り誰かとぶつかってしまい、「きゃっ」という鈴を転がすような声が耳に届く。

「ご、ごめんなさい、大丈夫ですか？」

　うっかり謝りそうになったものの、今のグレースなら逆にキレるはずだと、慌てて睨み付けるように顔を上げた私は、息を呑んだ。

　——何度も何度も小説を読み返した私が、見間違えるはずなんてない。ゼイン様に初めて会った時と同じような感覚に、指先ひとつ動かせなくなる。

　そこにいたのは『運命の騎士と聖なる乙女』のヒロイン・シャーロットだったからだ。

「……っ」

　この世界のどこかにシャーロットがいることは分かっていたけれど、いざ目の前にすると動揺してしまう。

　ゼイン様だけでなく、私が彼女と出会うのも舞踏会だと思い込んでいたのだ。

「ごめんなさい、どこか痛みますか……？」

エメラルドのような大きな瞳に見つめられ、はっと我に返る。私はすぐにぶつかった所を手で払うような動作をすると、舌打ちをしてシャーロットを睨み付けた。

「謝れば済むと思ってるのかしら？」

「い、いいえ！　本当にごめんなさい……！」

慌ててぺこりと頭を下げるシャーロットは、誰からも愛されるような可憐で健気な女の子そのもので、気を緩めれば目を奪われてしまいそうになる。

ゆるくウェーブがかかった明るい茶色の髪に、宝石のような緑色の瞳。顔立ちだって驚くほどに整っていて、圧倒的なヒロインオーラを纏っている。

きっとゼイン様と並び立ったら、それはもうお似合いなのだろう。

とにかく今ここでシャーロットと関わっても良いことはないし、適当な嫌味をもうひとつくらい言って立ち去ろうと思っていると、不意に後ろから抱きしめられた。

「グレース、ここにいたんだ」

「……ランハート？」

「大丈夫？　前にもこんなことあったよね」

思い返せば彼との出会いも、こんな状況だった覚えがある。

ランハートはちらりとシャーロットに視線を向けると、再び私に笑顔を向けた。

「遅いから寂しくなって、迎えに来ちゃった」

「そう、悪かったわね」

甘ったるい声で耳元で囁かれ、内心動揺しながらもすまし顔を心がける。

そんな中、シャーロットが私達をじっと見つめていることに気が付く。やがて私の視線に気付いたのか、はっと口元を手で覆った。

「ご、ごめんなさい、あまりにもお二人がお似合いで素敵なので、つい見惚れてしまいました」

「あら、ありがとう」

笑顔を向けるランハートにするりと腕を絡め「行きましょう？」と声を掛ける。もう化粧直しなんて後回しにして立ち去ろうと、そのまま腕を引いて歩き出した。

背中越しにシャーロットの「本当に申し訳ありませんでした」という声が聞こえてきて、心の中で「意地悪言ってごめんね」を繰り返す。

やがて姿が見えないところまでやって来ると、私はパッと腕を離し、深く息を吐いた。

まさかシャーロットに出会すなんて想像しておらず、本当にびっくりしてしまった。

「ごめんなさい、急に。色々と緊急事態で」

「大丈夫だよ。彼女、知り合い？」

「知り合いというか推し、いえ、赤の他人というか……」

「あはは、何それ」

まっすぐにどこかへ向かうランハートと共に、街中を歩いていく。

やはり私達は目立つようで、常に刺さるような視線を感じる。

「でも、すごくかわいかったでしょう？」

「まあ美人ではあったけど、俺の好みじゃないかな。君の方がずっとタイプだよ」

「そ、そうですか……」

好みは色々なんだなあとしみじみ感じながら、私は歩みを進めた。


やがてランハートに連れられて辿り着いたのは、まさかのまさかでカジノだった。

豪華絢爛な光景に冷や汗が止まらない私の肩を抱き寄せ、ランハートはどれからいく？なんて言って笑みを浮かべている。

「な、なぜカジノに……？」

「ここにいる奴らも大概口が軽いんだ。それに元気がなさそうだったから、楽しい場所がいいかなって」

「あ、ありがとう」

「よく君を見かけてたんだよ。いつも勝ってたよね」

「そうなのね……そこもあまり記憶がなくて……」

元のグレースがカジノ好きだったことを知っていたようで、気を遣ってくれたらしい。

その優しさにいたく感謝した私は、なんとか楽しもうと笑みを返した、けれど。

「えっ……？　い、いま赤か黒か選んだだけで、50万ミア、な、なくなったの……？」

「そうだよ。次は倍賭けようか」

「ごめんもうイヤ無理吐きそうお願いもうやめましょうお願い」

別世界の金銭感覚に、精神が崩壊しそうだ。

一方のランハートは、青くなる私を見て楽しんでいるようだった。

「俺が最後にここで君を見た時には、１０００万ミア単位で賭けてたよ？　本当に面白いな」

「いっせ……」

本気で吐き気がしてきた。ここは私がいるべき場所ではないと思い、少し休もうと飲み物を取りに向かう。

すると見覚えのある顔があり、すぐに声を掛けた。

「エヴァン！　どうしてここに？」

「あれ、お嬢様。今日はとても大事な仕事で来ていたんですよ。それ以上は内緒ですが」

エヴァンも３６５日私の護衛をしているわけではないため、我が家での雑用業務ではなく騎士としての仕事をする日もあるのだ。

こんなところに何の仕事だろうと思いつつ、また明日と言って見送る。そうしてグラスを手にランハートのところへ戻ったところ、彼は驚くほど大量のチップに囲まれていた。

「全部取り返しておいたよ。安心して」

「ラ、ランハート様……！　ありがとうございます！」

「あはは、これだけ目立てば十分じゃないかな。後は休憩室で適当に休んで帰ろうか」

「休憩室？」

「行けば分かるよ」

よく分からないものの、とにかくランハートの言う通りにしようと思い、チップを預けた後、一緒に階上へ向かう。

「今から数分でいいから、なるべく俺にくっついて」

何故だろうと気になりつつ深呼吸をした後、勇気を出して腕にしがみつく。

そして数階上のフロアに着き、一瞬で理解した。

「…………！」

各部屋にやけにいちゃいちゃする男女がなだれ込んでいくのだ。

とてもアダルトな雰囲気に、息を呑む。

「ここの休憩室って、あんな感じで使われるのがメインなんだよね。ここで時間を潰して帰れば、今日の浮気作戦は完璧じゃない？」

「な、なるほど……ランハートはすごいわ」

もはや尊敬の念すら抱いてしまうほど、遊び慣れすぎている。私には縁のなさすぎる世界だと思いつつ、ランハートのお蔭で無事に演じきれそうだとほっとした。

「……………」

後はこのまま、ゼイン様と距離を置いて別れを告げるだけ。当日のことを思うと胸が痛むけれど、先程シャーロットに会ったことで、妙な安心感が生まれていた。

彼女はどう見てもヒロインそのもので、あんなにもかわいくて健気なシャーロットがいれば、絶対に大丈夫だろう。

「やったわ！　ようやく勝った……！」

「うんうん、その調子。次はお金賭けようか？」

「許してください」

その後、私達は休憩室でカードゲームをして遊んだ。驚くほど健全だ。ランハートとは普通に友人になりたいなと思っていると、彼は時計へ視線を向けた。

「あ、そろそろ帰ろうか。ちょうど時間的にも軽く一回くらい済ませたタイミングだし」

「いっ……す……」

「あはは、真っ赤だよ。かわいいね、その顔。そのまま出れば説得力が増しそうだ」

そう言うとランハートは立ち上がり、動揺する私の元へ来ると、ゆるく結い上げていた私の髪をばさりと下ろした。

「うん、事後っぽい」

「じ……ラ、ランハートは、本当にすごいわね……」

「ありがと。だから俺を選んでくれたんでしょ？」

やはり私とは住んでいる世界が違うと思いながら、腕を引かれてドアへと向かう。後はこのまま適当に目撃されつつ、馬車に乗り込んで帰宅するだけだ。

そうして廊下に出た瞬間、見覚えのある銀髪が一番に目に飛び込んできて、足を止める。

隣に立つランハートも小声で「これは流石に予想外だったな」と呟き、苦笑いを浮かべたのが分かった。本当に本当に、お願いだから待ってほしい。

「……グレース？」

やがてゼイン様の太陽のような眩しい金色の瞳がこちらへ向けられ、私だって流石にここまでは望んでいなかったと、内心頭を抱えた。

――恋人の浮気を噂で耳にするのと実際に目の当たりにするのでは、かなり違うだろう。

何よりランハートの偽装工作があまりにもハイレベルすぎて、これは流石に怒られるというか、舞踏会でこちらから振る前に振られる気がする。

かと言って、これはどうしたって言い訳ができるような状況でもない。

「…………」

「…………」

ゼイン様と一緒にいた部下らしき見知らぬ男性は、私とランハートを見比べ、ゴミを見るかのような視線を向けてくる。正しい反応すぎる。

「…………」

「…………」

開き直っては即破局フラグだし、変に言い訳をしても火に油を注ぐことになりそうだ。どう声を掛けるべきかと半泣きで必死に頭を回転させている中、重苦しい沈黙を破ったのはゼイン様だった。

「グレース、君も来ていたんだな」

「えっ？　あっ、ハイ……」

予想していた反応とは真逆の、いつもと変わらない笑顔を向けられ、呆気に取られてしまう。やがてゼイン様は部下らしき男性に「行くぞ」と声を掛けた。

「また連絡する。今週末は一緒に過ごそう」

「ハ、ハイ……」

そうしてゼイン様はあっさりと立ち去ってしまい、その場に残された私は安堵感と共に、ひゅ～と枯れ葉が飛んでいきそうな虚しさに包まれていた。

「いやあ、びっくりしたね。すごいタイミングだ」

「…………」

「大丈夫？　呆けてるけど」

ランハートは「おーい」と言いながら、私の顔の前でひらひらと手を振っている。

私ははっと顔を上げると、頭を抱えた。

だって、今の反応はどう考えたって――……

「わ、私、これっぽっちも好かれていないのでは……？」

そう呟くと、ランハートは「確かにそうかもね」と頷き、青くなっているであろう私の顔を見た後、吹き出した。

「本気で好きな女性相手だったら、こんな現場に遭遇して笑顔でいられるわけがないし」

「…………」

「俺としては殺されずに済んでホッとしたけどね。この国にあの人に勝てる人間なんて存在しないんだから」

「うっ……ど、どうすれば……」

間違いなくランハートの言う通りだ。

やはりゼイン様は私に義務感で付き合ってくれていただけで、親しくなれたと思っていたのも、マリアベルのような妹ポジションだったからなのかもしれない。

だとすればこの状況での浮気など、ただ好感度を下げまくっているだけだ。もう時間がないというのに、絶望的すぎる展開に冷や汗が止まらない。

「でも、どうしてゼイン様がここにいたのかしら？」

「カジノって、実は話し合いの場とかにも使われるんだよね。君の護衛騎士くんも同じ用事かもしれないよ」

ゼイン様とエヴァンの共通点と言えば、国屈指の強い騎士であることだろう。

そんな二人が集められるような何かがあったのかもしれない。

「とりあえず帰ろうか。目的は果たしたし」

「ハイ……」

もちろん優しいゼイン様を傷付けるのは私としても本意ではないし心苦しいけれど、ノーダメージでは困る。ここ数ヶ月の行動は、全くの無駄だったのだろうか。

そうしてランハートに手を引かれ、とぼとぼと歩いていると、少し先の廊下が騒がしいことに気が付いた。

どうやら壁に大きな穴が空いてしまったらしい。

すぐに多すぎる補修費用が支払われたと、オーナーらしき人が喜んでいるのが見えた。

「……負けてイライラしちゃった人がいたのかしら」

「っはは、どうだろうね？」

何故かおかしそうに笑うランハートは「いやあ、やっぱり楽しくなってきたな」なんて言うと、上機嫌でカジノを後にしたのだった。

数日後、私はゼイン様に呼ばれウィンズレット公爵邸を訪れていた。

いつものように彼の自室に通された私は、例のカジノ以来なため、どういう態度で臨めば良いか分からず頭を抱えていた。

本来なら小説の中のグレースのように、少しずつ飽きてきたような態度をとるべきなのだろうけど、今は悪手としか思えない。

向かいに座るゼイン様は平然とした様子で、用意を進めるメイドへ視線を向けている。

「君はいつもと同じ紅茶でいいか？」

「は、はい……ありがとうございます……」

メイド達はてきぱきとお茶を淹れると、あっという間に出て行く。

やがて二人きりになり、落ち着かない私はすぐにティーカップに口をつけた。

「君と会うのは先日のカジノ以来だな」

「げほっ……す、すみません」

まさかいきなり笑顔でその話題を振られるとは思わず、動揺してしまう。

とにかく堂々としていなければと、慌てて笑みを浮かべた。

「そ、そうですね。ゼイン様はカジノで何を？」

「仕事の話をしていただけだ」

「もしかしてエヴァンも一緒ですか？」

「ああ」

やはりと思っていると、ゼイン様はティーカップをソーサーに置き、頬杖をついた。

「それで、君は何をしていたんだ？」

これ以上ないストレートな質問が飛んできて、冷や汗が止まらなくなる。とは言え、ここは変化球より、こちらもストレートで返すべきだろうと、ぎゅっと両手を握りしめた。

「う、浮気をしていたんです！」

「そうか。悲しいな」

表情ひとつ変えず、そう答えたゼイン様はやはりノーダメージだったらしい。

ゼイン様が傷付いていないことでほっとする気持ちと焦燥感、そして何故か寂しいような気持ちなど様々な感情でいっぱいになった私は、目を伏せた。

「やっぱり、どうでもいいことですよね……」

「まさか。真逆だよ」

「えっ？」

「あの日だって想像していた以上に苛立って、どうにかなりそうだったからすぐに立ち去ったただけだ」

驚いてすぐに顔を上げれば、真剣な表情のゼイン様と視線が絡む。

想像していた、というのはどういう意味だろう。何より、彼が苛立っていたということにも戸惑いを隠せない。

それが本当なら、私を責めることなく笑顔でいた理由だって分からなかった。

「グレース」

ゼイン様は静かに立ち上がり、隣へ来ると私の頬に触れた。

「ランハート・ガードナーと何をしていたんだ？」

「え、ええと……」

「何を話した？　どこに触れられた？」

「……っ」

鼻先が触れ合うのではないかという距離まで、顔が近づく。

手を握られ、指先を絡められ、心臓が大きく跳ねた。

「君は本当に悪い女だな」

溶け出しそうなくらいに熱を帯びた瞳に見つめられ、いつも周りから鈍感だと言われている私でも、気付いてしまう。

「……もしかして、嫉妬、してくれているんですか？」

「それはもう」

ゼイン様は自嘲するような笑みを浮かべ、私は言葉ひとつ発せなくなっていた。

嫉妬したということはつまり、ゼイン様は私に対し、少なからず異性として好意を抱いてくれているのだろうか。

そう思うと、顔に熱が集まっていく。そんな私を見て、ゼイン様は綺麗に口角を上げた。

「未だに何も伝わっていなかったんだな」

「えっ？」

「俺は君のことばかり考えているのに」

一体いつからだろうと戸惑いながらも、ゼイン様の瞳から目を逸らせなくなってしまう。

「ランハート・ガードナーと一緒にいる姿を見て、君の存在の大きさを思い知ったよ」

「あ、あの」

先程までは好意ゼロだと思っていたのに、今度は想像以上にゼイン様に好かれているような気がしてくる。

「二人で劇場に行ったと聞いた。俺の時とは違って、ランハートの隣には座っていたとも」

「そ、それはですね……」

「妬けるな。俺を弄んで楽しいか？」

今まであの座席の件について言われたことはなかったけれど、実は気にしていたのかもしれない。初めて見る拗ねたような表情に、また心臓が跳ねる。

完全なミスだったものの、うっかり悪女ムーブとなってしまっていたらしい。

「グレース」

さらに距離が近づき慌てて私が身体を引いたことで、半ばソファ上で押し倒されるような体勢になる。

パニックを超え、逆に落ち着き始めていた私は「どの角度から見ても本当に綺麗」「睫毛まで銀色だ」なんて他人事のように考えながら、整いすぎた顔を見つめていた、けれど。

「カジノの休憩室で何をしていたんだ？」

またもやストレートな質問をされ、慌てて目を逸らす。

「それは、その、た、楽しんでいました」

「何を？」

「お、大人の遊びを……」

嘘は言っていない。ポーカーなんて大人の遊び、前世ではしたことがなかった。

「ははっ、確かに君にとってはそうかもな」

するとゼイン様は怒るどころか何故か「安心した」なんて言い、可笑しそうに笑う。

まるで何をしていたのか知っているような口振りで、不思議に思ってしまう。

——本当に嫉妬したのなら、どうして私を咎めないのだろう。先程の様子を見る限り、恋人としての演技とは思えなかった。

困惑する中、不意にノック音が響き、マリアベルの声が聞こえてくる。ゼイン様が返事をするとすぐにドアが開き、マリアベルが中へと入ってきた。

もちろん私は押し倒されたままで、マリアベルは慌てて「きゃっ」と両手で顔を覆う。

「ご、ごめんなさい！　グレースお姉様がいらっしゃったと聞いて、急いで会いに来たんです……」

いつもと変わらない様子を見る限り、社交デビュー前の彼女はまだ浮気に関する話は聞いていないようで、思わず安堵してしまう。

ゼイン様によって腰に腕を回され起き上がると、再びぴったりくっつく形になる。

そんな私達を見て、マリアベルは「ふふ、仲良しですね」と嬉しそうに微笑んだ。

「お姉様、先日は素敵なレシピノートをありがとうございました！」

「ううん。喜んでもらえたなら嬉しい」

「実は昨日、一人でかぼちゃと玉ねぎのスープを作って、少しだけ食べることができたんです……！　残りはお兄様が全部食べてくださって」

「本当に？　よかった……！　すごいわ、マリアベル」

「ありがとうございます、お姉様のお蔭です」

マリアベルの嬉しそうな様子に、心が温かくなる。

「グレース、本当にありがとう」

「い、いいえ、どういたしまして」

相変わらず距離が近いままのゼイン様にどぎまぎしながらも、何度も頷く。

たった数ヶ月の短い期間といえど、私がゼイン様やマリアベルと交流を持てたことは無駄ではなかったような気がして、笑みがこぼれた。

その後は三人で過ごし、マリアベルのお蔭で和やかな空気に包まれ、すっかり安心しきっていたのだけれど。

「グレース、どうして俺の方を見ないんだ？」

帰り道、送ると言って譲らないゼイン様と共に馬車に乗り込んだことで、再び二人きりになってしまう。

その上、当たり前のように隣に座ることになり、じっと見つめられ、もう私は限界寸前だった。馬車が揺れる度にゼイン様の良い香りがして、眩暈がする。

「その、とても近くて恥ずかしいので、つい……」

「あんなにも堂々と浮気をするくせに？」

「それは、ええと、ゼイン様に飽きてきたからです」

「なるほど。それは困るな」

このままでは距離を置くどころか、ゼイン様のペースに巻き込まれてしまいそうだ。焦った私は心を鬼にしてそう告げたけれど、彼に傷付くような様子はない。

そんなゼイン様は「それなら」と続けた。

「どうすればまた好きになってくれるんだ？」

「えっ？」

「ああ、君は俺の優しいところが好きだと言っていたな。それならもっと優しくするよ」

「……っ」

「これから先は、君にしか優しくしない」

――こんなの、ずるすぎる。この人にこんな風に言われて、ときめかない女性がいるのなら教えてほしい。

顔が赤くなっているであろう私を、ゼイン様はまっすぐに見つめた。

「君は何がしたいんだ？　俺とどうしたい？」

まるで全てを見透かしたような問いに、どきりとしてしまう。そんなことを聞かれたところで、素直な気持ちなど答えられるはずなんてないのに。

「わ、私は……」

思わずこのままでいたいと言いかけて、口を噤む。

私がどうしたいかなんて、今は関係ない。この物語の舞台装置でしかない悪女の私は、決められた役割をこなすだけなのだから。

舞踏会まで、ゼイン様とシャーロットが出会うまで、もう後一週間ほどしかない。ここでしっかりしなければ、全てが無駄になってしまう。

そう自分にきつく言い聞かせた私は、顔を上げた。

「……無理をしてゼイン様に合わせることに疲れたんです。私には結局、ランハートのような男性が合うので」

「それで？」

「ゼイン様にも、もっとお似合いの女性がいるかと」

「それは君が決めることじゃない」

そう告げた瞬間、ゼイン様の纏う空気が明らかに冷えたのが分かった。

好意を抱いている相手にこんなことを言われて、怒らないはずがない。

「つまり君は、俺が君以外の他の女性と一緒になることを望んでいる、と言いたいのか」

「そうです」

即答すると、ゼイン様は呆れたように息を吐いた。

「……もういい。今はこれ以上、君と話をしたくない」

「そう、ですか」

愛想を尽かされたのだと、すぐに悟る。

当初の作戦としては大成功しているはずなのに、何故か全く嬉しいとは思えず、安堵することもない。むしろ胸が苦しくて、痛くて仕方がなかった。

「来週また、舞踏会で」

それだけ言うと、私はいつの間にか停まっていた馬車から逃げるように降り、自室へと駆け込んだ。

8 恋しい温もり

ミリエルに向かう馬車に揺られながら、私は繰り返し深い溜め息を吐いていた。

「……はあ、完全に嫌われちゃったわ」

「一度好きになってしまえば、簡単に嫌いになんてなれないものですよ」

「それはそれでダメなんだけれど……」

そんな私の話を、ヤナはずっと聞いてくれている。

「……これでいいはずなのに、すごくもやもやするの」

「あんなに親しくされていたんですから、当然だと思います」

昨日のゼイン様の様子を見る限り、間違いなく私に呆れ果てたはず。このまま舞踏会で別れを告げ、彼を傷付けるようなことを言えば、全てが上手くいくだろう。

小説の通り彼はシャーロットと出会って幸せになり、私は裕福な侯爵令嬢として好きに暮らせるというのに、気分は晴れないまま。

ちなみにエヴァンは他の仕事で忙しいらしく、今日は代わりの護衛が五人も付いている。

お父様に相談したところ「えらいぞ、グレース……！」といたく感激した様子で、何で

も協力すると言ってくれたのだ。もちろん内緒にもしてくれるようで、護衛も皆、私について他言無用という契約をしてくれているんだとか。

身分を隠すため、私含め全員が平民の装いをしているとは言え、常にぞろぞろと歩くのは目立つ上に落ち着かず、エヴァンのありがたさを実感していた。

「最近、子どもを狙った犯罪が増えているようです。既に成人されているお嬢様は大丈夫だと思いますが、お気を付けて」

エヴァンの話しぶりからすると、どうやら先日カジノで会った時の仕事というのもその件に関することのようだった。子どもを狙うなんて、絶対に許せない。

早く事件が解決し、エヴァンが無事に仕事を終えて帰ってくることを祈るばかりだ。


その後、店に到着した私は胸のもやもやを取り払うべく、忙しなく働き始めた。

「……よいしょ、っと」

魔導具で作られたキッチンはとても使いやすく、問題もなさそうでほっとする。

普段、屋敷内でも使用人達に不審に思われないよう、こっそり料理をしているため、思い切り好きなものを作れるのは嬉しい。

いくつか料理を作ってみた後、店の裏口から出てゴミ捨てをしていた時だった。

「――て、たすけて！　だれか！」

「えっ？」

不意に泣き叫ぶような子どもの声が聞こえてきて、慌てて顔を上げる。すると目の前の林の中を、子どもを抱えた男達が走っていくのが見えた。

その先の地面は光っており、先日、本を読んで学んだばかりの転移魔法陣だと気付く。エヴァンの話を思い出した私は、咄嗟に大声を上げた。

もちろん護衛達もすぐに異変に気が付いたようで「子ども達を助けて！」という私の命令に従い、一人が私の側に残り、四人が男達の元へ向かった。

お父様が用意してくれた実力のある騎士なだけあり、次々に魔法で倒していく。邪魔になるだけだと思い、私は両手を握りしめて様子を見守ることしかできない。

「クソ、邪魔すんな！　何なんだよ！」

そんな中、舌打ちが聞こえたかと思うと、一番派手な装いの男の姿が視界から消えた。

「――こちとら、手ぶらで帰るわけにはいかねえんだ」

「え、っきゃ！」

それからすぐ、耳元でそんな声が聞こえてくるのと同時に近くにいた騎士が倒れ、身体が浮遊感に包まれる。

この国でもかなり貴重な転移魔法だと気付いた時にはもう、遅かった。私が捕らえられ首に短刀を突きつけられたことで、他の騎士達の手も止まってしまう。それをいいことに男はそのまま転移魔法陣へと移動すると、数人の子どもを無理やり引き寄せた。

「グレース様！」

次の瞬間にはもう、目の前の景色は変わっていく。

「ここ、は……」

辺りを見回すと、そこは地下牢のような場所だった。足元の転移魔法陣だけが眩く輝いていたけれど、やがてふっと光は消え、室内は一気に暗くなった。

子どもの啜り泣く声が響いており、牢の中に大勢の子どもがいることに気が付く。きっと皆、私達のように無理やり攫われてきたのだろう。

親と引き離され、こんな場所に閉じ込められている恐怖や不安を思うと、胸が張り裂けそうになる。同時に、これ以上ない怒りが込み上げてくるのが分かった。

「なんてことを……！」

「それはこっちのセリフだ。お前のせいで仲間を見捨ててきちまったじゃねえか、クソ」

抱き抱えられていた男によって乱暴に腕を離され、思い切り床に尻餅をつく。

私は身体を起こすと、一緒に連れられてきた子ども達を庇うように立った。

「何をするつもりなの？」

「こいつらは売るんだよ。そしてお前もな」

男は私の顎を掴み上げると「お前、よく見ると物凄い美人じゃねえか」と言い、にやりと口角を上げる。

「さっきの奴ら、騎士だろ？　あれだけの人数を侍らせているお前は、お貴族様か。平民の服装をしてたって、俺達みたいなゴミとは雰囲気が違いすぎるもんな」

「…………」

「ま、大人しくしてろ」

そう言うと男は、私達を牢の中に押し込んだ。

寒くて冷たくて、固くて狭くて、人生二回目の大人の私ですら不安に押し潰されそうになるのだ。子ども達の気持ちを思うと、心底泣きたくなった。

それでも待っていれば絶対にエヴァン達が助けに来てくれるはず。今の私にできるのは、この子たちを少しでも安心させることくらいだろう。

牢の中にはたくさんの子どもがいて、かなり大規模な犯罪であることが窺える。

その後は不安で泣く子ども達一人一人に、大丈夫だよと声を掛けて回った。

「パパ……ママぁ……」

私の腰に腕を回した女の子の身体は小さく震えていて、ぎゅっと抱きしめ返す。

「もうすぐ助けが来るから、大丈夫よ」

「ほんと……？」

「ええ、とっても強い騎士様が来てくれるもの。そうしたら絶対に、あなたのパパやママにも会えるわ」

少しでも気を紛らわせようと土壁からハニワちゃんを作ってみせると、子ども達は喜んでくれた。食事はきちんと三食与えられているようで、少しだけほっとする。

途中、様子を見に来たらしい男に声を掛けると、目の前へやってきてしゃがみ込んだ。

「ガキ共の相手ばっかかして、健気だねえ」

「ここはどこなの？」

「リーフェの港の近くだ。お前らは二日後には、船でまとめて異国に売られるってわけ」

「そんな……！」

「ガキどもは奴隷だが、お前は貴族の妾くらいにはなれるかもしれないな」

リーフェは確か王都からはそう遠くない、小さな港町だ。食堂の候補地のひとつだったため、記憶にあった。

広い国内でこの場所を特定するのは、かなり難しいに違いない。それも二日後には国外へ運ばれてしまうとなると、焦燥感が募っていく。

「助けは期待しない方がいい。置いてきた奴らには口を割らないよう、制約魔法をかけてあるからな。万が一この場所がバレたとしても、その頃お前らは海の上だ」

可笑しそうに笑う男はそれだけ言うと、去っていく。

私は錆びた鉄の柵をきつく握りしめると、目を伏せた。

「……どうしたら、いいの」

必ず助けに来てくれるという確信はあるものの、二日しかないと思うと不安になる。

私は子ども達が寝静まった後、牢の端まで移動し土壁にそっと手をあてた。魔力を少しずつ流し込めば、そのまま地上へと繋がっているのを感じる。

元々才能があったこと、エヴァンと練習を重ねたことで、私は多少魔法を使いこなせるようになっていた。

『魔法使いは使い魔を作り出すことができるんですよ。お嬢様の場合は……ええと確か、あの細長い……ウインナーくんでしたっけ？』

『ハニワちゃんね。確かに似てるけど』

『ああ、そうでした。慣れ親しんだものが良いので、ハニワちゃんが丁度いいですね。使い魔は自我を持つので、命令をして動かすことも可能です』

ふとエヴァンの話を思い出し、土壁から再びハニワちゃんを作り出す。エヴァンのせいでウインナーに見えてしまい心の中で謝ると、小さな額に自身の額をあてた。

自身の意識を預けるような気持ちで魔力を流し込めば、ハニワちゃんの身体が一瞬ぱあっと明るくなる。

そうして地面にそっと置くと、ハニワちゃんはこてんと首を傾げた。命令していない動きをしているのを見る限り、成功したのかもしれない。

「ねえハニワちゃん、助けを呼んできてほしいの。私達がここに捕まっているって、誰かに知らせてほしい。できる？」

今の私の力では、ハニワちゃんはあまり言葉を理解できず、難しい命令をしても実行できないはず。

正直、喋れもしない、文字も書けないハニワちゃんが本当に助けを呼んできてくれるとは思っていない。それでも少しの可能性があるのなら、できることはやっておきたかった。

こくりと頷いてくれたハニワちゃんは飛び込むように土壁に入っていき、姿が見えなくなる。どうか気を付けてと祈りながら私は壁に身体を預け、小さく息を吐いた。

「……寒い、なあ」

ぶるりと寒さに身体が震え、小さく丸くなる。

ふとゼイン様の優しい体温が恋しくなってしまい、そんな考えを振り払うように慌てて首を左右に振った。

——だってあの温もりは、私が二度と触れることのないものなのだから。

ぎゅっと膝を抱えると、私は静かに眠りについた。

地下牢に囚われてから、一日半ほどが経った。食事は時間通りに運ばれてくるため、時間の経過は分かりやすい。

「……っ」

「おねえちゃん、大丈夫？　ぐあいわるい？」

「ごめんね。大丈夫よ、眠いだけだから」

そんな中、私はと言うと異常なほど魔力が減っていく感覚と倦怠感に襲われ、動けなくなっていた。

きっと離れた場所で、ハニワちゃんを自由に動かしているせいだろう。私は魔力を辿ることができないため、ハニワちゃんの行方は分からないまま。

私の魔力量は相当なものだと聞いているし、こんなにも魔力を消費するなんて、明らかにおかしい。ハニワちゃんはどこで何をしているのか、気掛かりだった。

心配そうな表情を浮かべる子ども達に笑顔を向けるのと同時に、少し離れたところから別の子どもの叫び声が聞こえてきて、慌てて顔を上げる。

すると下っ端らしい男の一人が、子どもの一人の首元を掴み上げているところだった。

帰りたいと男の足元に縋りついたせいだと、近くにいた子が教えてくれる。私はすぐに駆け寄って男の腕を振り払うと、抱き抱えるようにして庇った。

「っやめて！」

「うるせえ、そもそもお前のせいで俺の弟は戻ってこられなかったんだ！　邪魔すんな！」

思い切り頬を殴られ、髪を摑まれる。血の味が口内に広がり、痛みで目尻に涙が浮かんでいく。それでも子どもを離さずに男を睨みつけると、余計に苛立たせたのか、さらに髪を引っ張られ激痛が走る。

そして再び、殴られると思った時だった。

「おい、まずいぞ！　この場所がバレ――」

そんな声が聞こえてきてすぐに、地下牢の扉が吹き飛んだ。砂埃が舞う中、コツコツという足音が聞こえてくる。

期待から、心臓が早鐘を打っていくのが分かった。子ども達も目の前の男も何が起きているのか分からないようで、じっと動かずに口を噤んでいる。

「――何をしている？」

やがて静まり返った室内に、ゼイン様の声が響く。

「ゼイン、さ、ま……」

掠れた小さな声が口からこぼれ落ちた瞬間、彼の切れ長の目が悲しげに細められた。

動揺したらしい男が身体を引いたことで更に髪が引っ張られ、痛みが走る。

「な、なんだお前は！　他の奴らは――」

「殺す」

そんな呟きが聞こえるのと同時に、目の前にいたはずの男が視界から消えた。何が起きたのか分からず、数秒の後に視線をずらせば、男は壁に叩きつけられていた。

両手両足には、氷塊が突き刺さっている。それらがゼイン様の魔法だと気が付くのに、少しの時間を要した。

呆然としたまま座り込む私の元へやってきたゼイン様によって、まるで壊れ物を扱うように抱きしめられる。

「……グレース」

縋るような、ひどく切実な声に胸が締め付けられた。心のどこかでずっと求めていた優しい温もりに包まれ、じわじわと視界がぼやけていく。

ここに来てからずっと、子ども達を不安にさせまいと我慢していたというのに。まるでせきを切ったように、瞳からはとめどなく涙がこぼれてしまう。

「遅くなってすまなかった」

「……っ……う……」

「本当に、すまない」

ゼイン様が謝ることなんて、何ひとつないのに。

むしろ助けに来てくれたことが嬉しくて、お礼を言いたいのに言葉が出てこない。

「……生きていてくれて、本当によかった」

私の肩に顔を埋めると、ゼイン様は今にも消え入りそうな声でそう呟いた。その様子からは、どれほど心配してくれていたかが伝わってくる。

「君の顔を見るまで、生きた心地がしなかった」

「……っ」

思わずゼイン様の腕にそっと手を回せば、背中に回された腕に力が込もるのが分かった。

いつも堂々としていて誰よりも強い彼の初めて見る弱さに、胸が締め付けられる。

「痛かっただろう」

少し身体を離すと、ゼイン様は殴られた私の頬を見て、やっぱり泣きそうな顔をする。

そして壁に打ち付けられたままの男へ、冷め切った瞳を向けた。

「少し待っていてくれ。息の根を止めてくる」

「ま、待って……！」

これは本当にゼイン様が人殺しになってしまうと思った私は、慌てて止める。

同時に、地下へ大勢の人が雪崩れ込んできた。

「ウィンズレット公爵様、お一人でまるごと組織を壊滅させるような単独行動はやめてくださ――あっ、お嬢様！　ご無事でよかったです！」

大勢の騎士の先頭にはエヴァンの姿もあり、いつもと変わらない様子に、なんだかほっとしてしまう。

その後ろには何故かアルの姿もあって、その肩の上には片手がとれ、顔部分が欠けたボロボロのハニワちゃんがいた。

ハニワちゃんはぴょんと飛び降り、よろよろとこちらへ向かってくると、私の手のひらに乗る。そしてそのまま眠るように動かなくなった。

「ハニワちゃん……？　や、やだ、どうすれば……！」

「大丈夫だ、休んでいるだけだろう。君の魔力を込めれば修復できるだろうし、今まで通り動けるはずだ」

動揺する私に、ゼイン様がそう声を掛けてくれる。

たくさん頑張ってくれたのだろうと思うと、また視界がぼやけて、小さな体をぎゅっと抱きしめた。

エヴァン達と共に入ってきた騎士達は、犯人の男を確保し、子ども達の対応をしてくれている。みんなほっとしたような様子で、一気に肩の力が抜けていく。

「帰ろう。子ども達も必ず家へ送り届けさせる」

「あ、ありがとうございます……」

ハニワちゃんにも「ありがとう」とお礼を言い、エプロンのポケットにそっと入れる。

そして子ども達によく頑張ったね、元気でねと別れを告げた私は、ゼイン様に差し出された手を迷わずに取った。

「俺達はもう少し仕事をしてから帰るので、お二人でお先に帰っていてくださいね」

「いや俺とか本気で関係ねーんだけど」

笑顔で手を振るエヴァンと溜め息を吐くアルに手を振り、ゼイン様と共に地上へ向かう。

用意されていた馬車に乗り込むと、ゼイン様はぴったり私の隣に腰を下ろした。手を離した後、馬車の中にあった救急箱らしきものから薬を取り出す。

「まずは頬の傷の手当てをしよう。王都に戻ったらすぐに治癒魔法使いを呼ぶから」

「ありがとうございます、でも自分で──」

「俺にやらせてほしい」

「は、はい」

有無を言わせないまっすぐな瞳に思わず頷いてしまうと、ゼイン様は小さく笑った。

頬に指で薬を塗られ、くすぐったい。至近距離で顔を見つめられ、落ち着かなくなる。

「……助けに来てくださって、ありがとうございます」

「当然だろう」

思い返せば最後に会った時には、わざと彼を傷付け「話をしたくない」とまで言わせてしまったのだ。

それなのにゼイン様は変わらない態度で接してくれ、こうして助けに来てくれた。嬉しくて、申し訳なくて、色々な感情でぐちゃぐちゃになる。

「その、嫌われてしまったと思っていたので」

「あれくらいで嫌いになれたら、苦労はしていない」

手当てを終えたゼイン様は困ったように微笑み、再び私を抱き寄せた。

やっぱりゼイン様に抱きしめられると、どうしようもなくほっとしてしまう。

「……むしろ、自分の気持ちを改めて自覚したよ」

一体、どういう意味だろう。

私は抱きしめられたまま、気になっていたことを尋ねてみる。

「でも、どうしてあの場所が分かったんですか？」

「君の使い魔が俺の元へ来たからだ」

「えっ？」

「公爵邸の俺の部屋の窓を突き破って入ってきた」

「ええっ？」

信じられない話に、口からは間の抜けた声が漏れた。

なんとハニワちゃんは馬車でも半日はかかる距離を経て、ゼイン様の元へ助けを求めに行ってくれたらしい。

「君が土魔法使いだというのは知っていたし、すぐにセンツベリー侯爵邸へ向かったんだ。そして君の護衛騎士達と合流後、使い魔が指し示す方向へ進み、辿り着いた」

「ハ、ハニワちゃんって天才……？　あっ、窓の修理代は後で払います、ごめんなさい」

「気にしなくていい」

ハニワちゃんの想像以上の優秀さに、驚いてしまう。そして王都までの距離を大移動したのだから、私の魔力が大量に減ったことにも納得した。

何よりあれほどボロボロになっていた姿を思い出し、目頭が熱くなる。ハニワちゃんはご飯も食べないようだし、どうお礼をすればいいのか分からない。

一体どう移動したのか、どうして公爵邸までの道のりが分かったかなど、気になることはたくさんあるけれど、私は一番の疑問を口にした。

「でも、どうしてゼイン様の元へ行ったんでしょう？」

「君がそう命じたんじゃないのか」

「いえ、違います。私は誰かに、ってお願いを……」

そうしてハニワちゃんを送り出した時のことを話せば、ゼイン様は目を瞬き、やがてふっと口元を緩めた。

「使い魔は魔力と共に主の意識や記憶を一部共有するため、好む物や嫌いな物も同じだったりするんだ」

「えっ」

「つまり君は誰かと言いつつ、無意識のうちに俺に助けを求めてくれていたんだろう」

そんな言葉に、どきりと心臓が跳ねる。

私の記憶があったからこそ、公爵邸まで辿り着けたのだろうとゼイン様は続けた。

「俺を頼ってくれて、嬉しかった」

「……っ」

否定したいのに、認めたくないのに、駄目だと分かっているのに。心のどこかでは、納得してしまっている自分が嫌になる。

柔らかな笑みを向けられ、また心臓が早鐘を打っていく。

「ち、違います、本当に何かの間違いで」

「そんな顔で言っても説得力はないな。君は素直なのか素直じゃないのか、分からない」

「きっとゼイン様が、とても強い騎士だから」

「理由なんて何でもいい」

余裕たっぷりなゼイン様の方が完全に上手で、もう何を言っても誤魔化せないと悟った私は、ぐっと口を噤んだ。

数日後にはもう舞踏会だというのに、こんなにもドキドキしてしまっている自分が、この腕を振り解けない愚かさが嫌になる。

「疲れただろう、少し休むといい」

ゼイン様は私から静かに離れると、自身の肩にもたれるように私の頭を抱き寄せた。

これ以上優しくしないでほしいと思いながらも、やはり疲れ切っており一気に眠気に襲われた私は、大人しく身体を預けた。

「……ゼイン様が来てくれて、嬉しかったです」

「ああ」

「本当に、ありがとうございます」

あと少し、今日だけは最後に素直になってもいいだろうかと、微睡みの中で考える。

「ゼイン様は、優しすぎます」

「君の願いは何でも聞くつもりだからな」

「……それなら、私を嫌いになってほしいです」

「それだけは無理そうだ」

ゼイン様が小さく笑った気がして、求めていた答えではないはずなのに、ほっとしてしまう。余計に瞼が重くなっていき、私は静かに目を閉じる。

「――今更、手放せるはずがないだろう」

そんな声を聞いたのを最後に、私は深い眠りに落ちていった。

9 そして物語は始まる

誘拐事件から、五日が経った。

私が攫われたことで、この世の終わりのような状態だったらしいお父様により「一生屋敷にいた方がいい」と軟禁されそうになったものの、なんとか平和に過ごしている。

「おいで、ハニワちゃん」

「とても可愛いですね。先程は私の掃除を手伝ってくれようとしたんですよ」

「本当に？　えらいわ、よしよし」

ハニワちゃんも元気になり、とても良い子だとヤナを含め、屋敷の中で人気者になり始めているらしい。なんだか私としても照れくさくなる。

使い魔として作り出したのは先日が初めてだったけれど、私の魔力量ならこのまま土に戻ることなく過ごせるようで、ほっとした。

先日のお礼として魔力をたくさん込め、ピンクのリボンを結んだところ、喜んでいたような気がする。空気を読まず「面白いくらい似合わないですね」と言ったエヴァンを思い切り叩いたところ、86点をいただいた。

とは言え、日頃の私はエヴァンにどれほど守られていたのかを改めて実感した。

「エヴァン、いつもありがとう」

「いいえ。お嬢様は俺がいないと駄目ですね」

「ふふ、本当にそうかもしれない」

エヴァンは護衛としてだけでなく、仲間としても大切な存在になっている。

「お嬢様のお蔭で、誘拐事件も無事に解決してよかったです。それにしても、子どもに紛れて捕まるっていうのは斬新でしたが」

「不可抗力だったんだけどね」

無事に犯人は全て捕まり、子ども達も全員家に帰れたようで本当に良かった。ハニワちゃんの活躍がなければ救出が間に合わず、最悪の展開もあり得たそうだ。

怖くて痛い思いをしたものの、結果的には良かったのかもしれないと思った、けれど。

「本当に心配したんですよ。そう言えば、お嬢様が傷付き弱った子ども達を支えて、事件解決に貢献したと新聞でも大きく取り上げられていましたね」

「ま、待って嘘でしょう……」

お願いだから、本当に待ってほしい。

無理をして必死に屋敷の中でも悪女ムーブをしていたというのに、国レベルの規模で全てが無に帰す展開になっている。

「体調を気遣う手紙や、招待状もたくさん届いていますよ」

「貴族は本当に噂好きですからね。とにかく詳しく話を聞きたくて仕方ないんでしょう」

「ああああ……」

頭を抱えながら、私はテーブルに突っ伏した。

いよいよ明日が運命の舞踏会だというのに、準備万端どころか何もせずにいた方が良かったのでは？　というくらい散々な結果になっている。

ゼイン様の好感度を上げることができたのが、唯一の救いだろう。二日前にも体調を気遣う手紙が届き、何度も読み返してしまってはエヴァンに冷やかされていた。

とにかく、明日の舞踏会は絶対に参加するつもりだ。ゼイン様も一緒に参加してくれることになっている。

「それにしても公爵様の慌てっぷり、見せてあげたかったです。いつもあんなに冷静沈着なのに、お嬢様のことが本当に大切なんだなと思いました」

「………」

「俺はあの人のこと好きですよ」

「……私だって、そうよ」

エヴァンのそんな言葉に、胸が締め付けられる。

何かを察したのか、ハニワちゃんが私の手にすり、とくっついてきてくれた。あまりの可愛さに涙が出そうだ。

「だからこそ、ゼイン様を幸せにしないと」

思うことはたくさんあるけれど、誰よりも優しいゼイン様のためにも、明日はしっかりグレース・センツベリーをやり切ろうと心に誓った。

翌日の晩、いつものように時間ぴったりにゼイン様は迎えに来てくれた。

紺色の正装を身に纏い、髪を片耳にかけている彼の姿の破壊力は凄まじく、直視できなくなる。なんだか以前よりも遥かに輝いて見えるのは、どうしてだろう。

「会えて嬉しいよ。とても綺麗だ」

「あ、ありがとう、ございます」

悪女風にしてきたというのに、ゼイン様はたくさん褒めてくれた。とは言え、今日の宝石のちりばめられた真っ赤なド派手ドレスでさえも、グレースには似合ってしまうのだ。

そしてゼイン様の雰囲気が、以前よりも甘い気がしてならない。

距離も近くて、まなざしだってずっとずっと優しい。

「行こうか」

「はい」

――本来なら、この時点ではもう冷め切った顔をして、塩対応をすべきなのだろう。

それでも数日前に救ってもらった身で、そんなことはできそうにない。

だからこそ今日は最終手段として、土下座の勢いで別れてくれと頼み込む予定でいた。

きっと紳士で大人の男性であるゼイン様なら、話せば分かってくれる。

別れたいと本気で懇願する女に対し「嫌だ」などと言う人ではないだろう。プライドだってあるはず。

そんな別れ方でも、ある程度私に好意を抱いてくれているのなら、彼の心に多少なりともダメージを与えることはできると信じている。

そもそも本来の流れと違い予定が早まった今日、シャーロットが現れるという確証もないのだ。とにかく慎重にと自身に言い聞かせ、華やかな会場へと足を踏み入れた。

「まあ、グレース様だわ。例の誘拐事件で怪我をされたと聞いたけれど、もう大丈夫みたいね」

「やはり公爵様との関係は続いているんだな」

「ゼイン様の影響もあって、改心したのかしら」

もはや恒例となった刺さるような視線や囁き声は気にせず、まずは主催者である国王陛下の元へと向かう。

「お前達がまさか、そんなにも親しくなるとは」

「ええ、彼女と出会えたのは幸運でした」

「むしろ苦手な人種だと思っていたんだがな」

「陛下でも読み違えることがあるのですね」

ちくちく嫌味を言う陛下と、笑顔で言い返すゼイン様の様子をヒヤヒヤしながら見守る。

自身の手の内の人間と彼を結婚させたい陛下にとって、私は邪魔でしかないのだろう。

その後、陛下の元を離れるとゼイン様はやがて足を止めて私に向き直り、申し訳なさそうな表情を浮かべた。

「不快な思いをさせてしまってすまない」

「いえ、全然大丈夫ですよ。気にしていませんから」

小説を読んだ私からすれば、そういうものだと理解しているため、傷付くこともない。

そうして次々とゼイン様の元へやってくる人々の相手をしていると、不意に「あ」と聞き慣れた声が耳に届いた。

「やあ、グレース。お手柄だったね」

「ランハート」

今日も彼にだけ特別なスポットライトを当てているのかと思うほど、キラキラと輝きを放っている。ランハートは事件後、体調を気遣う手紙やお見舞いの品を贈ってくれ、再び私の中での株が上がっていた。

「公爵様も先日ぶりですね」

「……ああ」

一応は浮気現場を目撃された浮気相手の立場だというのに、ランハートの気まずさを感じさせない堂々とした態度には、尊敬の念すら抱いてしまう。

ゼイン様はランハートに冷ややかな視線を向けると、私の腕を掴み、歩き出す。

「行こう」

「あっ、はい。ランハート、また！」

すると私の「また」が引っかかったようで、ゼイン様は明らかに苛立った顔をした。

いつも無表情に近かった出会った頃よりも、喜怒哀楽が分かりやすくなった気がする。

「本当に浮気者だな、君は」

「嫌いになりました？」

「全く？　俺だけを見てもらえるよう努力しないと」

耳元でさらりとそんなことを言われ、頬が火照る。

腕を引かれホールを歩く途中、人混みの中で一際目を引く美女を見つけた私は、一瞬で全身から熱が引いていくのが分かった。

「――シャーロット」

そう、そこにいたのは間違いなく、先日の劇場ぶりのヒロイン・シャーロットだった。

小説の挿絵と同じレモンカラーのドレスを纏う可憐な彼女の姿から、やはり物語通りに進んでいるのだと悟る。

「顔色が悪いが、大丈夫か？」

「は、はい。すみません、少し人に酔ったみたいで」

「少し休もう」

「いえ、大丈夫です。あ、あちらにいるのは――」

なんとか動揺を隠した私は、ゼイン様と共に知人の元へ向かい、ひたすらに時間が経つのを待ち続けた。

やがて深夜0時を知らせる鐘が鳴り響き、私はいよいよかと気合を入れる。

「ゼイン様、少し外の空気を吸いに行きませんか」

「ああ、もちろん」

舞踏会も終盤に差し掛かる中、ゼイン様の手を取りホールを出て、庭園へと向かう。

小説ではこのタイミングで、グレースはゼイン様に別れを告げるのだ。確かこの辺りだったと挿絵の場所を思い出しながら移動し、噴水の前で足を止める。

「……グレース？」

ゼイン様に向き直ると、私はまっすぐに彼を見つめた。

月明かりに照らされたその姿は息を呑むほどに美しくて、とても遠い人に感じてしまう。

——事実、彼は遠いのだ。私は、グレース・センツベリーは、ゼイン様とシャーロットを出会わせるための舞台装置でしかない。

自身にそう言い聞かせ息を吐くと、口を開いた。

「ゼイン様、私と別れてください」

「無理だ」

笑顔での即答と「何を馬鹿なことを」とでも言いたげな態度に、動揺してしまう。

「ど、どうしても別れたいんです！　お願いします！」

「理由は？」

「それはその、上手く言えないのですが絶対に別れたくて……何でもしますから、とにかく私と別れてください」

「別れない」

やばいまずいどうしようと思いながらも、まだ大丈夫だと必死に落ち着こうとする。

そう、大人の男性で紳士であるゼイン様なら、きっと話せば分かってくれ——……

「本当に困るんです、お願いします、私と別れ」

「嫌だ」

別れたいと本気で懇願する女に対し「嫌だ」などと言う人ではないはずで、プライドだってあるはずで――……

「お、お願いします！　どうか別れてください！」

「いい加減諦めてくれ」

にっこりと眩しい笑顔でそう言ってのけるゼイン様は全く別れてくれる気配がなく、冷や汗が流れた。

「……あ」

そんな中、噴水の向こうにシャーロットの姿が見え、一気に焦燥感が込み上げてくる。

『私がずっとゼイン様のお側にいます。絶対にあなたを裏切ったりしません。この命が尽きるまで、永遠に』

『君の側に居られることが、俺にとって最大の幸福だ』

何度も繰り返し読んだ小説の、大好きだった二人の言葉を思い出す。一時の感情に流されてはいけない。

――しっかりしなきゃ。だって、シャーロットが側にいるんだもの。絶対に、大丈夫。

ぎゅっと両手を握りしめると、私は顔を上げた。

「私はもう、ゼイン様のことが好きじゃないんです。むしろ、き、嫌いです！　さっさと別れてください！」

本来のグレースはこの千倍は酷いことを吐き捨てるとは言え、ずきずきと胸が痛む。

ゼイン様は真剣な表情を浮かべると、口を開いた。


「それでも俺は、君が好きだ」


そう告げられた瞬間、心臓が大きく跳ねる。

ゼイン様からの好意を感じてはいたものの、こうして「好き」という言葉にされたのは初めてで、鼓動が痛いくらいに速くなっていく。

嬉しいと思ってしまうのと同時に、シャーロットがはっと口元を両手で覆うのが見えた。

「君は本当に嘘が下手だな」

「ち、ちが……」

「そんなところも好きだよ」

「……っ」

こちらへ近づいて来たゼイン様は、思わず後ずさった私の手を摑んだ。

摑まれた場所が、ひどく熱い。

溶け出しそうな蜂蜜色の瞳から、目が逸らせなくなる。

「俺は君と、絶対に別れるつもりはない」

視界の端で、シャーロットが涙を流すゼイン様に渡すはずの白いハンカチが、ふわりと飛んでいく。もうどうすればいいのか分からず、私は頭を抱えた。

このままでは二人の恋は始まらず、グレースは死にかけ、戦争だって起きてしまう。けれど絶対に、そんなことになってはならない。まずは大失敗に終わってしまった作戦を立て直し、ゼイン様ときっぱり別れなければ。

「グレース」

今後のことを必死に考えていると不意に名前を呼ばれ、顔を上げる。同時に腕を引かれ抱き寄せられたかと思うと、次の瞬間には頰に柔らかいものが触れていて。

「へ……な、なな、なにを……⁉」

「まだ俺と君は恋人なんだ。これくらいはいいだろう?」

不敵に笑うゼイン様によってキスされたのだと気が付き、顔が一気に熱くなった。

そんな私を見た彼に「かわいいな」と笑顔を向けられる。この調子ではゼイン様のペースに飲まれてしまう、しっかりしなければと、私は慌ててきつく両手を握りしめた。

「……わ、私、絶対に諦めませんから!」

「ああ。望むところだ」

そして、どうしようもなく高鳴る胸の鼓動を感じながらも固く心に誓う。

――たとえ彼に対して気持ちが傾いてしまっていたとしても、必ず逃げ切ってみせると。

あとがき

こんにちは、琴子と申します。この度は「破局予定の悪女のはずが、冷徹公爵様が別れてくれません！」をお手に取ってくださり、ありがとうございます。

とにかく明るくて楽しい、可愛い溺愛ラブコメが書きたい！　ハイスペヒーローに追いかけ回されるヒロインが書きたい！　という気持ちから本作が生まれました。

ビーズログ文庫さまでの前作「二度目の異世界、少年だった彼は年上騎士になり溺愛してくる」はしっとりめの溺愛だったので、全く雰囲気の違うお話になったと思います。

私は普段、拗らせたヤンデレばかりを書いているので、正統派ヒーローのゼインはとても新鮮で、我ながら格好いいヒーローになった気がしています。（どきどき）

ヒーローのゼインが出てくるまで少し時間がかかったので、エヴァンには大変助けられました。エヴァンとハニワちゃん、とても可愛いです。

もちろん、一生懸命でまっすぐで可愛いグレースも大好きです！　皆さまにもそう思っていただけると嬉しいです。

そして、イラストを担当してくださった宛先生、本当にありがとうございます。全てが解釈一致で、最高に可愛くて格好良くて大感激しています……。何もかも大好きです。

あまりの美しさに日に何度も眺めては、にこにこにこにこしておりました。

また、前作に続きたくさんのアドバイスをくださった担当編集さま、本当にありがとうございます！　褒めていただく度、とっても励みになりました。

本作の制作・販売に携わってくださった全ての方にも、感謝申し上げます。

コミカライズ企画も進行中なので、漫画での二人もぜひぜひ楽しみにしていただけると嬉しいです。一話のエヴァンは半裸スタートか……と思うと胸が熱くなります。

最後になりますが、「破局悪女」を応援してくださった皆さま、ここまで読んで下さった皆さま、本当にありがとうございます。

グレースとゼインの追いかけっこはまだまだこれからなので、またお会いできることを心より願っております。

琴子

■ご意見、ご感想をお寄せください。
《ファンレターの宛先》
〒102-8177 東京都千代田区富士見 2-13-3
株式会社KADOKAWA ビーズログ文庫編集部
琴子 先生・宛 先生

●お問い合わせ
https://www.kadokawa.co.jp/（「お問い合わせ」へお進みください）
※内容によっては、お答えできない場合があります。
※サポートは日本国内のみとさせていただきます。
※Japanese text only

破局予定の悪女のはずが、冷徹公爵様が別れてくれません！

琴子

2022年11月15日 初版発行
2023年2月20日 3版発行

発行者	山下直久
発行	株式会社 KADOKAWA 〒102-8177 東京都千代田区富士見 2-13-3 （ナビダイヤル）0570-002-301
デザイン	島田絵里子
印刷所	株式会社KADOKAWA
製本所	株式会社KADOKAWA

ISBN978-4-04-737165-1 C0193

定価はカバーに表示してあります。
◆◇◇